U0103020

現代散文 8

樂齡寫作趣
上課囉！

王素眞

呂慶元

陳昭如

程虹文

劉光桐

 博客思出版社

推薦序

戲曲推廣 · 樂齡寫作 · 樂活人生

　　欣聞王老師在校開班授徒，《樂齡寫作趣》師生即將結集出書，誠可喜可賀！這是戲曲學院推廣教育的一份成果展現，也是一部戲曲人生、樂齡生活的書寫紀錄，更是台灣現代社會的小縮影、大分享，值得細讀品味，故特此為文推薦。

　　作為台灣戲曲的終身工作者，我從六歲即登台演出、錄製客家戲曲唱片，迄今雖年過花甲，依然浸淫其中，樂於戲曲製作、演出、教學、傳播與推廣工作，矢志不移，埋首不休，不知老之將至。尤其在工作的日常裡，每每見到前輩先進仍為傳承戲曲文化而奔波，老師同仁為教育與推廣而戮力，校內學子與社區人士認真學習而兩眼發光時，我總是內心悸動，感佩不已。吾道不孤。這就是我的志業：「志於道，據於德，依於仁，游於藝。」傳承戲曲藝術，弘揚戲曲文化，促進社會祥和。

　　戲曲學院推廣組在內湖與木柵校區開辦有「樂齡大學」與「樂長青」課程，課程多元而豐富，嘉惠社區銀髮族無數，充分發揮學校社教功能，促進長青一族樂活人生。目前台灣即將邁入超高齡社會，老人的安養與照護，成了最棘手的問題之一；若能從問題的根本著手，增進樂

齡人士的身心健康與維護，不僅得以延緩長期照護問題，也可使中老年民眾有機會擁有自在適意的退休生活，不至頓失生活重心，而情緒低落，鬱鬱寡歡。是以，推廣組許多課程都頗受長青族青睞，諸如：民族舞蹈、太極導引、京曲開心唱、歡喜唸歌仔、樂活瑜珈、書畫藝術、攝影藝術、影像處理……等等，都是提升身體機能、促進健康，達到怡情養性，樂活人生的好課程。「樂齡寫作趣」在推廣組是首次開設，很榮幸王老師願意來開班授課、指導寫作，並分享經驗。而今，首期師生作品結集成冊，豐富的生命經驗與人生故事，洋洋大觀，確實十足吸引人！這又是戲曲人生推廣有成的另一張亮麗成績單，非常精采有看頭，深深值得讚許。

005

　　個人與王老師結緣近 30 載，相識相知，對其為人與行事，佩服有加。民國 82 年(1993)初我到校服務，歷任綜藝團團長、歌仔戲科主任，到劇校、專校、學院校長，從復興國光兩校合併改制，我是委員、她任執行秘書；歌仔戲科設科籌辦、我是召集人、她也是執行秘書；客家戲科的籌設、也是關係如此密切；直到我接掌校務、她負責教務處與研究推廣處；在校內長期共事合作，我深知其人處事明快，文筆口才均佳，為人溫暖熱情，講情講義，工作上是受歡迎的好主管、好幫手。特別的是，王老師家庭經營有一手，近年來陸續出版有《落番與軍眷》、《台灣阿嬤萬里單飛美國行》、《台灣阿嬤好生活》等等家庭書寫專書，就是退休一族現身說法的「樂齡寫作」榜樣。王老師以樂齡寫作來詮釋「夕陽無限好」的人生況味，正因人生「近黃昏」！回顧過往生命中的人事物，回憶中益見

珍惜；訴說現時的生活點滴，多為知足感恩之語。《樂齡寫作趣》書中文字所記述的，都是這樣健康又有活力，樂觀進取，充滿正能量的樂活人生，這不就是現在我們台灣社會所需要的嗎？感謝王老師的「樂齡寫作班」師生，為自己、為家族，也為社會大眾提供了一個樂齡族的美好願景與參考樣本！

　　　　榮興客家採茶劇團創辦人
　　　　國立臺灣戲曲學院前校長　　鄭榮興

樂齡書寫：知足、感恩、天賜大禮

　　素真老師是我的老師、我的貴人，不僅在學校指導我學術、課業，在工作上協助我做人做事，還會與我們分享生命經驗，她是經師，也是人師，當之無愧。很高興，素真老師為進修推廣組開設「樂齡寫作班」-- 樂齡寫作趣，指導社區民眾書寫生命故事，分享長青族生活趣味，十分有意義。

　　素真老師自民國 78 年就到國立臺灣戲曲戲曲學院任職，她擔任國文老師與輔導老師，並兼任過許多處室行政主管，如：訓育組、輔導室、教務處、研推處以及秘書室等，對教務、學務等校務運作瞭解深入而熟稔。我與素真老師相識相熟，是早期我在京劇團服務，而她任職秘書室與研推處時，我知道老師幾乎是歷任校長最信任而又倚重的最佳幕僚，書寫快手！許多年後，我在外面單位繞了一大圈，又返校轉至教務處負責進修推廣組業務，老師也外調他校後提早退休再返校兼課，並義務協助學校處理許多「文書」業務，諸如新聞稿、文宣出版品、簡報等等，這期間本處出版組的《戲曲學報》、《戲曲風華》、《大戲臺》等相關刊物的撰寫與出版，皆請老師過目、提點與潤飾，我們的緣分很深呢。兩年前（2017 年），學校六十週年校慶，老師更為學校策劃、採訪、撰寫、編輯校慶紀念專書《臺灣戲曲一甲子》，書中曾訪談 63 位戲曲經典人物，我也曾參與其中幾位前輩的訪談，近身觀察、

見證老師的規劃與執行能力，做人做事與書寫的態度，真的十分敬佩，真想跟老師多學一點，多寫一點。

尤其是，這幾年看到、讀到老師陸陸續續為家族、為家人書寫並出版有《落番與軍眷》、《台灣阿嬤萬里單飛美國行》《台灣阿嬤好生活》《故里鄉情》等等生命故事時，我腦海中立即浮現高齡九十有三剛剛仙逝的姑媽，我怎能輕易錯過、不把姑媽的故事好好寫下來呢？姑媽年輕時女扮男裝、隨著部隊來台，她一直希望後輩的我們能把她那大時代的精彩故事紀錄下來，而我總藉口忙碌而未曾細聽、不曾筆記，而今只有遺憾，徒呼奈何了。

有感於身處現今繁忙社會，家人間彼此對話交流似乎很有限，為使生命能不留遺憾，我當下即想邀請素真老師為推廣組開班講授「樂齡寫作趣」，希望參加課程的學員可以為家人、為自己書寫「家庭傳記」，讓家庭成員與後輩們有機會從文字中認識自己的祖祖輩輩、自己的家庭故事，能體悟並感知生命的真諦：感恩，知足。很感謝永遠熱情積極的王老師允諾開班，推廣組也在假日先辦理免費體驗講座課程，讓外界理解推廣組週六開班概況，以利報名；還要感謝推廣組同仁常志環、謝漢川和志工、助理們，大家長時間犧牲假日，全力以赴為學校的推廣班而努力，才有今日推廣班豐碩的成果呈現，從太極導引、樂活瑜珈、和緩瑜珈、舞蹈律動、美學體適能、京劇開心唱、歡喜唸歌仔、電影與人生、攝影藝術、書畫藝術、編織藝術等等，到今日的「樂齡寫作趣」，我們看到長青學員們的學習成果與作品展現，豐富而精彩，這不僅是推廣組的成績單亮眼，也讓參與的老師和

學員們的生命拼圖更臻完美，值得按個大大的「讚」。

　　這次「樂齡寫作趣」第一次開班，王老師和學員們結集出書，可喜可賀。他們藉由生命故事的書寫，將人生經歷、事件、感受和想法，整理、紀錄每個屬於自己個人與家族的生命故事，成為獨一無二的書籍，值得翻閱細讀，也值得效仿學習，這是一本體驗式書寫學習的好書。全書王老師師生們從「自己、家庭、社會」三大範疇進行書寫：「自己」的部分，由自我審視、洞察自己生活到未來的自我期許。「家庭」的部分是透過回憶和抒情，聚焦在家族人物與事件，把美好與遺憾一一彰顯出來。至於「社會」的部分則是從外而內、以「空間」延伸，探討論述個人身處多元社會的見聞與感悟。

　　現今數位科技時代，紙筆書寫是一種充滿靈魂與難能可貴的力量。在王素真老師的課程中，我看到每位學員熱情參與，一起說故事、分享、傾聽、書寫，在字裡行間我們看到他們彼此敞開心懷的感性，釋放語言的勇氣，每個人重新形塑，從自我、家庭、社會延伸到對生命的認知與珍愛，在在令人印象深刻。如程虹文提到對她九十三歲軍旅出身的父親與失智的母親的關懷與感謝；呂慶元因父親早逝，母親獨力扶養五個孩子，母親愛吃滷肉，但為了孩子、自己吃飯只配滷汁，還有她清末出生的「領頭羊婆太」都是感人肺腑的故事；劉光桐則感念烽火年代抗日、國共戰亂、離鄉背井到台灣的父親，在困窘的環境下養家活口，並靠著自我努力、不斷精進、創造自我職涯的賺人熱淚辛酸史……，不勝枚舉，一篇又一篇都是有待讀者欣賞閱讀的動人篇章。

　　衷心感謝在我轉換跑道、調職南台灣成大之際，推廣組「樂齡寫作趣」這生命故事書寫課程的第一期師生能結集出版，在此我們因書寫，共同回顧人生、提升自我、理解人生價值，也因創作而澄清人生處境和心境，不僅確實發揮學校推廣組的社教功能，增進身心健康、倡導社會關懷、多元創新與終身學習，也是學校、社會與師生共贏的美事，更是我在進修推廣組服務最美好的結業禮物。感謝大家，無限祝福！

國立臺灣戲曲學院進修推廣組前組長
國立成功大學 藝術研究所助理教授

▲樂齡寫作趣上課中師生合影

記錄樂活人生　傳揚美與善

　　國立臺灣戲曲學院推廣教育組今年開了一個「長青寫作班」：樂齡寫作趣。幾個不同領域退休的寫作素人，跟著王老師說說寫寫，大家訴說自己的故事，經過討論、書寫，記錄下自己樂活人生的五味甘苦，我們認真留住了生命的斑斑印記。《樂齡寫作趣》的內容可與大眾分享，這一代人的閱歷、見聞與想法，它也是台灣當代社會別史、文化側記、時代小縮影。《樂齡寫作趣》文中充滿真實人生的美與善，是值得傳家的家庭故事集，可傳承子孫友朋的家族小掌故。

　　近年台灣六十五歲以上老人超過總人口數百分之十五，高齡社會的長青照護、老人社會福利、退休生活安頓等議題，都成了受矚目的顯學。現代阿公阿嬤們更要自立自強，做好健康管理、做好財務規劃，要能用新的方法創造自己理想的老後生活，才能擁有樂齡人生！銀髮族應該思考，如何化為行動，用創造性思維為自己打造幸福未來。活得老，也要活得好，樂活人生才有意義。來看看社會上幾位與我們同齡的賢達：

　　李偉文，一位知名牙醫師、作家與環保志工。他說：我們不只想活得久，還要活得好。他的座右銘是「一生玩不夠」，在他生命中最期盼獲得的禮物是「慈悲與智慧」，智慧的追求透過閱讀，慈悲則靠號召朋友從事公益服務人群來實踐，因此他的生活重心是：閱讀、朋友、大自然。

　　丁菱娟，世紀奧美公關董事長暨創辦人、作家、大學副教授與創業家導師。她退休改行，卻忙得更有勁。她主張人生有三階段：第一人生懵懵懂懂，充滿想像卻無法完全掌握。第二人生汲汲營營，爲滿足別人的期待而活。到了第三人生，可不可以有一種更具智慧、更自在的生活方式呢？她主張退休後的第三人生行旅，要永保好奇心，勇於探索生命。

　　所以，我認爲想擁有樂齡人生，五十歲以上就該有以下的「新思維」：

　　年輕時無法放膽追求的夢想，50後更適合去探索。

　　學習減法人生，慾望少一點，心靈多一點，只爲價值而花錢。

　　無論到了幾歲，都要爲自己的外表負責，不放棄打扮的權利。

　　面對子女的長大和離去，祝福他們，不要緊抓不放，也不必追。

　　父母陪我們長大，我們伴著他們變老，陪伴、接納是最好的禮物。

　　做個有溫度的人，比做個專業的人重要。可以享受熱鬧的樂趣，也能品味獨處的快樂。只管自己的事，不介入別人的事，不擔心老天爺的事。

　　每年學一樣新玩意兒，不僅生活充實，還能越來越多才多藝。與身邊的人和解，讓人生無憾。

　　幸福其實是有方法可以打造的。丹麥人在全球幸福

感排名中一向較高，丹麥人流行一個詞兒 HYGEE，丹麥文讀音如「胡歌」hoo-gah。這個宛如丹麥幸福魔法的字眼，奠基於：珍惜、安全感和令人愉快的小事。HYGEE 意思是舒適、簡單的美好生活，共享溫馨時光，代表著舒適、溫暖。HYGEE 也是丹麥式生活的象徵，從燭光、咖啡、紅酒、糕點到羊毛毯、毛襪與親密的親友。所以丹麥人給提高幸福指數的小建議是：一、常和你的鄰居打招呼；二、別受天氣影響，多到公園走走；三、參加社團，增加歸屬感；四、擔任志工，強化社會關係。HYGGE 鼓勵我們多參與當地社群，畢竟人生下半場，與自己生活的地區有較強的連結，不只能夠增強歸屬感與安全感，幸福感也會大幅提升。如果過去因忙碌、害羞而忽視自己所在地區的人事物，不如學習丹麥人上述的幾個小方法，走到戶外，走入人群，來提升自己的幸福度吧。

013

　　當然，國情不同，個人狀況也不一，有人會想去冰雪國度靜心歇息，聽下雪的聲音，觀察雪花飄落的姿態，賞雪泡溫泉，這是旅遊幸福。有人發揮創意，用友善地球的方式滿足生活上的需求，不製造垃圾，實踐零廢棄生活，每天擬訂購物計畫、自備容器採買、以小蘇打和熱水取代市售清潔劑、用天然配方保養、廢物利用做拼布提袋，改變生活，創造了更多的小確幸。還有人學繪畫、學樂器、學書法、打太極、做瑜珈……，不一而足，享受第三人生就是要跨出舒適圈，抬頭看看天空，自許要老得愈來愈好！因為「到這個年紀，不做媽媽、不做婆婆，就做我自己。」我們要鼓勵自己把握有限的人生，去

做自己想做的事情。

我個人在年滿 51 歲從學校退休後，有較多時間照顧家庭、當阿嬤、做運動、學才藝、旅遊去、做自己，但 12 年來還是堅持「退而不休」，仍繼續到校兼課、當義工，雖然日日忙碌，但可真的享受第三人生。我給自己定下的退休人生三大目標就是：健康美麗、學習成長、回饋奉獻。在學校推廣組為長青學苑開班「樂齡寫作趣」，就是回饋奉獻之一。

《樂齡寫作趣》班上主張：我手寫我口，我口說我心，人人都可以寫文章！能說話，就能寫作，成就感得到滿足之後，有了寫作的「願景」時，就能激發寫作的「熱情」。老師教大家「作文基本功夫三招式」，也就是：八爪章魚功、強力黏膠功與加油添醋功。還有「寫作七步驟」，以及「太陽法」與「十字法」兩套基本招式，同學都非常用功，認真學習，是的，我能。相信自己可以做到，也確實都達標，且超標了。尤其是，班上有人視力不佳，又不熟悉電腦文書處理，只能用手機打字寫作，一篇文章竟要花六小時才能完成！令人既心疼又佩

▲樂齡寫作趣課後師生合影

服。同學得知之後，有人立刻主動為她上電腦課，指導資訊處理流程，甚至提供平版電腦給她使用！這份同學愛讓我好生感動，原來寫作班也是交朋友、創造幸福的地方。

　　很高興「長青寫作班」開班了，在我心深處，許多留駐心頭的點點滴滴，趁我還記得，趕緊提筆記下自己的故事。我們這幾個寫作班的樂齡族，你我他與她，就是大家的小樣本，是台灣當代社會的小縮影。我們的這些家庭書寫文字，可以傳之子孫與好友親朋，我們的心得分享，想要傳揚善道與生命的美好，今後大家也可多個榆樹下品茗聊天的話題，好添些興味兒。

　　　　國立臺灣戲曲學院樂齡寫作指導老師 王素真　　015

▲ 2019.09.13. 中秋節攝於高雄愛河畔，慶祝我倆的結婚 41 週年。

目　　錄

目錄

輯一 王素真

傳揚美善無齡樂

王素真，祖籍福建同安，1955年生於台北，師大社教系、教育研究所畢業，輔系國文，任教高中職逾40年，專長學生輔導、親職教育、語文教學指導等，是個退而不休、對生命充滿熱情的樂齡族。

王小真的「無齡感」日常

　　時光荏苒，轉瞬間畢業已逾四十載，似乎青春年少，優遊歡笑的日子猶在眼前，怎地轉眼之間竟已白髮藏不住，早就年過花甲矣！我究竟過了怎麼樣的大半人生？臨老的未來歲月又將是何光景呢？我不禁回首前塵，思緒邐飛……。

　　記得剛進大學時，孫邦正老師開宗明義「教育概論」第一堂課，就期勉大家：「大學是自我教育的開始。」頗有醍醐灌頂之效，未來的人生端賴自己去設想創造了；然後是社工組必修阿通老師的「社會教育概論」，難忘那泛黃的古董級教本（民國二十九年版）和一群嘻笑的臭小孩，少不經事；但在經過幾位老師的「親炙」後，我們卻也更明白師者該是什麼模樣。還有印象深刻的：林勝義老師自奉儉樸，請學生吃

▲ 歐遊捷奧，2018. 03. 02. 到訪捷克世界遺產特爾奇小鎮 Telc，見瑞雪紛飛。

飯，頻頻唸著鹹水雞一兩八元；李建興老師晨讀背誦英文字典苦練英文，是第一個國家教育博士，他慰勞山地服務隊同學時，師母自製冰鎮蓮子白木耳，人人大快朵頤；陸光老師深情款款的「楓葉情」以及楊國賜老師關懷學生生涯規劃，傾其所有，慨贈新書並推薦參加學校甄試；林清江老師嚴謹地準備一場小小講話稿，指導高中生公民訓練種子教師講習，理論實證兼備有如論文……。點點滴滴許多難忘的片段，是老師們開啟了我們年少的心和眼，引領我們「傳道授業解惑」之道。

然後，我們每個人各自走了一趟「社教路」，有擔任教職的，有在圖書館服務的，也有成了無冕王的，想來一定都豐富精彩，無怨無悔吧？我則從三重家鄉碧華國中（三年）到省立三重商工（九年），再到國立復興劇校（九年），國立三重高中（五年），最後在台北市南湖高中退休（三年）；擔任國文老師，也是輔導老師，還兼行政工作二十年。除了教學與行政，我還利用公餘陸續出版十來冊書，包括高中職教科書《生涯規劃》，教師充電錦囊《愛在溝通》，還有幾冊親職教育與家庭親子小書，從《周末茶館》、《快樂在哪裡》到《皮皮和小多》、《小魚和栗子樹》以及《把愛找回來》、《星星屋》等等；目前我仍退而不休，繼續在臺灣戲曲學院兼課已十餘載，好像還有許多可以努力的活兒要做，我正過著「無齡感」生活，不知老之將至。

「無齡感」並非盲目地不服老，而是一種心理狀態和生活態度，我不想被年齡束縛，對生活始終保持活力，對事物充滿好奇也樂於嘗試。所以我給自己訂下「退休養

老」三個生活目標：健康美麗、學習成長、回饋奉獻。每
周五天要到校上課、要運動打太極、要當義工、還要有
家事日，以及周末假日家庭日輪休；學校裡的事有得忙，
家裡的事兒更有得忙，我的「無齡感」生活，有目標，有
節奏，早已忙得無暇掛記「年華老去」了。

　　希望歲月靜好，身旁的師友同學們也一樣健康美麗，
把握當下的每一個美好時刻，人人「無齡」。尤其「樂齡寫
作趣」的夥伴們，人人都能口說筆談流暢表達，將心所想、
口所說的化為文字；並期待期末同學作品結集成冊，可
成書與人分享，留住生命中的點滴與美好。

▲我愛白雪皚皚的北國大地，2018.03. 歐遊美好記憶永存心底。

從我童養媳老媽的故事說起

　　我娘家老媽生肖屬羊，民國 20 年次（1931 年生），明年（2020）就九十了，年過花甲的我，還能夠有老母可探望、相談相伴，即使她近年罹患阿茲海默症，日漸遺忘，仍是值得感恩、珍惜，媽媽還在，就是很幸福的事。尤其老媽是很愛孩子的人，關心、疼愛、照顧兒孫，傾其所有、無微不至，我最是感恩的是：媽媽讓我上學、受教育、有高學歷，可以自己自由作主，擁有自主的人生，這就是媽媽送給我這輩子最大最珍貴的禮物，「自由自主」，不像她自己是個身不由己的「油麻菜籽」童養媳！

　　老媽是童養媳，當年台灣社會流行交換女兒飼養，可以一舉兩得省下未來嫁女兒、娶媳婦的兩筆花費，因此老媽出生 18 日就被外婆送給祖母，祖母同時也把大姑送給別人當童養媳，油麻菜籽命運就此注定。老媽在日治時代上了國民學校，畢業又學裁縫，出師後在延平北路做童裝裁剪工作，算是具有一技之長的職業婦女；20 歲時和老爸依照祖父母安排結婚，接著生下姊姊、我和弟弟三個孩子；由於爸媽兩人志趣不同、性格迥異，卻硬是被綁一起過了一生，所以老媽認命之餘，也從不掩飾她的一絲絲幽怨。

　　因此，在老媽尚未罹病失智前，平日閒聊只要一觸及母女婆媳關係，就氣氛緊張，令人束手無策，尤其她老人家十分固執己見，有理講不通，教人好為難啊。從

我有記憶以來，老媽與娘家的關係就一直是疏離不熱絡的，她與外婆的母女關係，好像陌生得不曾存在。我童年時，曾去過外婆家一二次，長大後便幾無往來，連電話都不曾聯繫，童養媳等於無娘家了。

是以，老媽與祖母的關係是婆媳，也是母女，應該是親密的，但我從小到大所見到老媽和阿嬤的互動，似乎也不熱絡，情分並不深。祖父世居三重務農，有田有宅，除了農事、還會木工、編藤、做掃把、殺豬、做總舖師，養活一家子；阿嬤十八歲嫁給祖父，翌年便因上無公婆而當家，她種田、養豬、養雞、種菜、賣菜，還照管一大群孩子，五男三女、外加二個童養媳，很能幹也很不容易。老媽自認為很幸運，當個童養媳還能有機會上學認字，後來又去學洋裁，會做衣服、當裁剪師，有能力獨當一面，這也不簡單，唯一遺憾就是：有能力當家，卻沒機會自主，所以在我小學時，我們就分爨自立了。

長大在外上班接觸社會，老媽有主見、有見識，也自有一番人生邏輯。例如她自立自強，50多年前(1960年代)就存錢、買地、蓋小公寓，搬出三合院老宅子；她又未雨綢繆，早年就先買下幾幢老公寓翻修出租，然後坐收租金養老，才免老來還要向人伸手；她重視教育，栽培兒女，讓我們姊弟全都接受高等教育；她也主張婚姻自主，所以我們姊弟結婚對象全是自己挑的！但是，老媽的價值觀也有些特別，她重男不輕女，卻不願與女同住，只肯跟兒子在一起，又堅守自己的50年老公寓獨居

自炊自食，不願移居搬遷；她認為要有錢才有安全感，卻又自奉儉樸，早早把幾幢公寓全過戶給兒子孫子了。

20 多年前 80 多歲的祖母晚年罹患老人失智症，老媽與妯娌輪流照護祖母起居，她常說那一小段日子就算是她回報童養媳的養育之恩吧。言詞間充滿了無奈與幽怨之情，後來祖母就住到安養中心，兩年四個月後以 90 高齡離世，如母女一般的婆媳關係，對老媽而言，似淡然無奈多於深情。至於老媽對老爸，似乎更是淡然，無奈於命運的安排，怨尤多過情與愛，雖然同在一個屋簷下，卻幾乎是各過各的日子，甚少交集，父親去世多年，對老媽影響也不大。

大不孝的我，理智的分析老媽性格，由於命運無法自主選擇，造成自主意識過強，處處想要爭取主導權，堅持己見到近乎固執或偏執，所以對別人的任何安排，老媽總愛回以「我才不要！」，食衣住行如此，看醫生亦然。排斥就醫的老媽，養生保健觀很難撼動：從早年收聽地下電台，買一堆養肝丸等等的偽藥服用，不聽勸阻；到聽信偏方，自己當醫生，勤推拿、貼膏藥、泡藥洗，就是不肯循正規醫療管道診治。50 多歲時（1984 年），曾為了子宮肌瘤痼疾，自己當成腰骨痠疼推拿數月無效，不得已送醫院，要切片檢查，還從馬偕、長庚兩家醫院逃跑，最後才在三重醫院取出比拳頭還大的一顆大瘤，早有不良紀錄在案。

十年前（2009 年）老媽為退化性關節炎所苦，為了治療與照護問題和弟媳更是劍拔弩張，常因膝蓋發炎疼痛，

塗塗抹抹、貼貼泡泡，或吃些保養藥劑，都只治標不治本；後來她關節炎發作，雙膝嚴重腫脹，被姊姊和弟弟等人強力遊說（我正巧出國了），硬是強迫必須就醫診治，才赴大醫院檢查，雙膝的軟骨已完全磨損，醫生說要手術裝置人工關節，老媽自然是反對到底。後來經過好言相勸，外加善意謊言，醫生也協助解說與保證，她又向街坊鄰居打聽，終於同意裝置人工關節，但她也提出一堆條件：手術要看農民曆，選良辰吉時；手術只能作單邊，不可雙膝同時處理；術後照護不要找外勞，要住自己家裡……。我們姊弟、弟媳於是忙著聯繫後續的檢查與手術準備，沒想到，才剛陪同老媽看過三總的醫師確認治療策略，第二天老媽就反悔大翻案，連續來電給姊姊和我說不看醫生了！不治療了！姊姊回去勸解，我和先生也回去勸慰，才化解她與弟弟、弟媳的「醫療主導權」之爭。

　　唉！我一直覺得：老媽之所以有如此固執性格，泰半源自童養媳命運的不自主，唯有以強烈的自主意識來證明「我自己決定！」的暢快，不惜偏執反叛，也不願意順服於他人。同時也因為童養媳命運作祟，老媽的生命與生活中始終沒有安全感，缺乏「愛與信任」，所以老

▲老媽與我，2019. 02. 02. 吃年夜飯圍爐拿紅包，老媽開心。

媽對「非自願形成的親人」如阿嬤與老爸，都無法付出真愛，當然信任感也不夠。想想看，一個經典的常見畫面，80歲的老媽，面對弟媳的安排（手術後住樓下，請個看護隨身照顧），老媽不屑地側臉昂首、哼地一聲，連聲應以「我才不要哩！」還真是倔強啊！老媽呀，不孝女兒斗膽勸您：缺憾還諸天地，珍惜感恩，舒展雙臂敞開胸懷，才吸收得到新鮮空氣，也才得以擁抱他人啊！所幸老媽關節手術順利，一週後出院，復健後回復健步如昔。

就在爭取「人生自主權」奮鬥七八十年後，近幾年（自2013年底起）老媽卻得了阿茲海默症，逐漸遺忘，許多恩恩怨怨都隨風而逝、已然淡忘，不再計較了。初期我總愛明知故問，讓老媽「溫習」一下家族梗概，來個「可汗大點兵」人員點點名：

　　我：阿母，外公外婆大名是什麼？外婆是「金枝玉葉」的「金枝」還是「玉葉」？那外公呢？外公又叫什麼名字？

　　母：金枝？秀枝？我不太記得了。（躊躇片刻）……喔，沒錯，是叫金枝。外公也有個「金」，是「蔡水金」，外公外婆是千金小姐配公子。

　　我：阿母生下來多少天就被送到王家當童養媳的？

　　母：18日，出世18日就送人做「媳婦仔」（養女）了，真「沒聲勢」（閩南語卑微可憐之意），不過也是「莫法度」（沒法子）啦。

　　我：我們外婆生了多少個女兒？

　　母：外婆生了五、六「查某」（女兒），還有大舅舅、

小舅舅，兩個「後生」（兒子）。

　　我：五、六個？到底五個還是六個？

　　母：外婆和外公生了頭一胎「後生」，才一個月大，因肚臍潰爛夭折，就去抱個「媳婦仔」回來，就是「阿巧」，大阿姨，加起來就有六個「查某」，不然親生的就算五個啊。

　　我：原來如此，歹勢（不好意思）。「阿巧」不是天台的表姨嗎？

　　母：這說來「話頭長」，「阿巧」有兩個，一個「媳婦仔」養女「蔡巧」大姨，另一個天台表姨「李巧」，其實那是外婆親生的！真正的長女，大姨。

　　我：原來另有秘辛啊？阿母來爆個料，現在應該可以解密囉？

027

　　母：外祖李家，當年家大業大，原來是安排大小姐外婆「招匼」（招贅）的，後來外婆不喜歡那贅夫，又認識「漂撇」（瀟灑）公子外公，兩人相意愛，就跑出去結婚啦，原先與贅夫生下的女兒「阿巧」，就留在「天台」，從母姓，由外祖家照顧長大囉。

　　我：哇，100多年前外婆敢鬧革命追求真愛，可真有勇氣，不簡單！可是那抱來的「蔡巧」大姨來頂替夭折的舅舅的位置，與天台表姨兩「巧」怎麼分啊？

　　母：天台表姨「李巧」叫「阿巧」，比較大，後來的養女「媳婦仔蔡巧」就起個偏名叫「ㄍㄧㄠ面仔」（意即臉不正，歪歪、彎彎的），其實這大姨生著可真漂亮，真美哪。

我：外婆家既然家大業大，又抱了養女來養，也不是養不起，外婆為什麼還要把你送人做「媳婦仔」呢？

母：日本時代大家都「時行」(流行)如此，女兒生多了，就送人做「媳婦仔」，沒什麼好怨嘆的。

我：阿母排行第幾？

母：阿巧、ㄍㄧㄠ面仔，二個不算，長女錦衣(錦仔)、次女錦蓮，接下來就是我，身份證上我排行「三女」，下面是兩個舅舅，還有最小的阿姨「ㄙㄝ‧ㄗ‧ㄎㄡ」(日文幸子)，只有最大的錦衣留家裡，錦蓮、我和ㄙㄝ‧ㄗ‧ㄎㄡ都送人，這是命，注定要送人！

我：為什麼阿母注定要送人？

母：其實生我之後有「招」兩個小弟，我應該是要留下來，但是我一出世，外公外婆就打算把我送人了。原先我伯父「貓鼠伯」娶了個酒家女伯母，很多年未生，欲領養我，後來為著「後生」(兒子)好「作種」，就去抱個「查餔」(男的)來，名叫「ㄍㄧ‧ㄍㄧㄡ」(其九)；於是我就被轉送到王家，一切由不得自己啊。

我：阿母和阿姨幾個姊妹都是身不由己啊，後來你們大家過得怎樣？

母：最大的阿巧「李巧」，外祖家培養長大，後來嫁到新莊，大戶人家，環境不錯，幾年前已經過世了。

母：大姨養女「ㄍㄧㄠ面仔」生得美麗，沒唸書，到酒家上班，認識商人姊夫，聘金二萬元，娘家給她在大馬路買地建屋，日子過得也不錯。

母：二姨錦衣有上學，很能幹，會做生理，嫁出去後，娘家出本錢給她開雜貨店，在台北艋舺，很富裕。

母：三姨錦蓮送人當媳婦仔，沒唸書，住蘆洲，因為土地買賣賺了錢，房產無數，這兩年剛過世。

母：五姨「ㄙㄝ・ㄗ・ㄎㄡ」（幸子）小我六歲，也送人當媳婦仔，沒唸書，在蘆洲賣菜，嫁的是個吹喇叭的，生活較「一般」（普通之意），不過還真的名字有個「幸」字比較幸福。

我：唉，算起來六個姊妹，除了阿巧姨與錦衣姨沒送人，有機會唸書，其餘四個當養女的，只有阿母有上學，老天爺庇佑，運氣好喔。

母：是啊，日本時代能夠去唸書，公學校畢業，還去學洋裁，有一技之長，比起來咱是不錯的。

我：這就是「油麻菜籽命」，菜籽隨風飄，飄到哪兒，落到哪，一切都是天注定。以前重男輕女，女兒送人做媳婦仔，隨她去，兒子就會好好栽培了，講起來真不公平。

母：生做查餔、查某都是命，不用怪天不公平。你小舅舅當年唸台大電機，大姨二姨都有幫忙拉拔小弟，賺

029

▲老媽與我，2018.02.28. 新年期間，老媽喜歡穿上我買的紫色棉襖。

錢養家，所以舅舅也很感心哪。

我：好，今天阿母考試有通過，下回再來問問我各家的表兄弟姊妹，擴大閱兵點名！你不用緊張，慢慢地想。

這是 2014 年 2 月 4 日我們的母女對話，老媽記憶還很清晰，可以應答如流。回顧 100 年到 80 年前台灣女兒的「油麻菜籽命」，菜籽隨風飄，飄到哪兒，落到哪兒，落土生根，沃土石縫自尋出路，命運天注定。老媽他們那一群「油麻菜籽」們，這些日據時期台灣女子的際遇，可眞令人掩卷嘆息、喟然長嘆啊！老媽若心底仍有一絲遺憾與不平，或許就是童養媳的「婚姻不自主」吧？想想，性格南轅北轍的兩個人，硬是湊合著過了一輩子，人生不自由，莫此爲甚。或許就是有鑑於自身受命運作弄，老媽給兒孫們最大的自由與自主權，是我們此生所獲得的最珍貴的禮物了，如今老媽可以看到她的兒孫們都很爭氣、婚姻自主、家庭美滿、安居樂業，應可稍稍彌補、大大寬慰了。所以，做兒孫的我們一定要惜福！也一定要幸福！爲了老媽和那一群油麻菜籽們，我們要加倍珍惜這自主人生。

南洋咖哩雞，四海飄香

　　南洋風味的咖哩雞，可說是我家的傳家菜，從印尼雅加達到台灣台北，乃至美國華府維吉尼亞與馬里蘭，南洋咖哩雞四海飄香，已傳三代，現在連第四代都會嘖嘖抿嘴，大讚好吃好吃了呢。

　　我的婆婆是印尼華僑，與公公僑居雅加達逾五十年，她不僅在事業上是公公的好幫手，在照顧家庭與親族上更是賢名在外的賢內助，海內外親朋鄰里人人稱讚，尤其婆婆為公公而學閩南語、學做金門家鄉料理，甚至還擁有西餐糕點與中餐廚師的證照呢。每次回到公婆家，嚐到婆婆做的各式料理，不論是印尼糕點、薑黃燉飯、南洋咖哩雞、沙嗲烤肉串，或是金門海蚵麵線、南瓜炒米粉、中式粿粽等等，總是令廚藝不精的我既佩服又羨慕，只有發憤用心學、經常嘗試，希望能做得起碼像個黃家媳婦兒樣。四十年下來，在婆婆指導下，我的「南洋風味咖哩雞」應該可以端得上桌了，至少孩子們都愛吃媽媽的南洋咖哩雞，有時孩子的同學來家裡也會指名我家的咖哩雞，不僅讓我有

031

▲我們家的咖哩雞四海飄香，特有的南洋口味，源自我親愛的婆婆陳雪香女士。

信心常做這道菜，現在連在美國的大寶女兒與小多兒也都跟進，都會自己動手做咖哩雞了。看來南洋咖哩雞果真已成我家的傳家菜，而且從印尼到台灣，再遠渡重洋到亞美利堅，繞著地球，四海飄香了。

做咖哩雞，我喜歡選用雞腿肉，肉質較有韌性、軟中帶嚼勁；其他必備的食材紅蘿蔔、馬鈴薯與洋蔥之外，當然還要有印尼咖哩調理包（粉狀或塊狀均可），最特別的還要有椰漿（或椰粉），才能彰顯南洋咖哩雞的特色。我把雞腿肉去骨去皮切小塊，紅蘿蔔、馬鈴薯與洋蔥洗淨、去皮，紅蘿蔔、馬鈴薯切成塊狀，洋蔥切成葉片條狀；先將雞肉、洋蔥與紅蘿蔔下鍋拌炒約五分鐘，至洋蔥疲軟透明、紅蘿蔔半熟、雞肉入味，再放進較易熟的馬鈴薯，然後加咖哩、加水、蓋上鍋蓋，中火燜煮約二十分鐘即可；起鍋前再加入椰漿提味，燜煮的過程中要不時攪拌，以免沾鍋、黏鍋底，煮糊了或燒焦了。公公還教我，咖哩雞端上桌時，還可以灑一點紅辣椒粉，做色，好看又可口。

自從我嫁入黃家，每年來來回回台北雅加達許多趟，在印尼吃咖哩雞，學做咖哩雞，百吃不膩。每一趟回台北時，公公總是幫忙打包行李，一箱又一箱的印尼土產大蝦米、胡椒粒、小魚乾、咖啡與茶葉，還有絕對少不了的蝦餅、果凍粉、椰漿與咖哩包！這些都是我家小孩的最愛，阿公阿嬤疼愛孫兒，恨不得一次運補、全給送回台北；曾經有幾次返台行李總重超過一百公斤的紀錄，宛如大搬家呢。回家之後，當我每次做咖哩雞，吮指美

味、齒頰留香之餘，家人之間的深情濃意也不斷流動、漫溢、滋長著，家庭凝聚力鏈結更為緊密。

　　阿公阿嬤疼愛孫兒，不僅是咖哩雞一味，還有千里送「蛋捲」呢。二三十前年，當大寶、小皮女兒和小多兒孩提時，每次阿公阿嬤從印尼返台，總會帶回一大鐵桶的「椰漿手工蛋捲」，只因為孫兒愛吃，酥脆爽口、椰香四溢、欲罷不能；可是蛋捲易碎，不能托運，還得從泗水訂製，託人轉運雅加達，一路小心手提上機，費工費力更費心，縱然鐵桶重量不輕，阿公照舊樂此不疲，一駝運數十年如常，甘為孺子牛，每支蛋捲裡都是阿公的愛，一如空運行李中的咖哩包與椰漿，來自南洋，百分百濃純香。

033

　　我向來主張家庭的中心在餐桌，所以，家裡的餐廳必定要寬敞舒適又溫馨，餐桌上一定要有食物引人上桌，一家人能夠聚攏在餐桌，就天天都是團圓日，餐餐都是圍爐時啦！每回到雅加達過年過節、放假休息，一早起來，婆婆都早已在餐桌上備妥了熱可可、

▲公公婆婆鶼鰈情深，旅居印尼雅加達逾半世紀，父母在的地方就是溫暖的家。

熱咖啡和麵包糕點，小多則有牛奶、吐司、牛油、巧克力米，每個人的喜愛都備齊了，忍不住大家都聞香而來，圍向餐桌，真是美好啊。在台北自己家裡，當家的我也一樣為家人張羅吃喝。公公婆婆回台時，進門坐到餐桌邊，就送上溫開水(老人家的老習慣，不喝果汁不喝酒。)；飯桌上一定有他們愛吃的水果(香蕉、木瓜、棗柿、蓮霧等當季瓜果)和糕點餅乾；用餐時，要有開水與湯碗，咖哩雞就是我家餐桌上常見的家常料理。

當了數十年的職業婦女，我一樣照常料理三餐，孩子還小時，要吃過早飯才上學、晚餐多煮一些給孩子隔日中午帶便當；假日全家可以上小館外食打牙祭，內湖就有我們常去的固定餐館，餐廳服務人員可是看著孩子從小朋友一路長大哩。在餐桌上，不管是全家五個人一小桌，或阿公阿嬤回來七八人一大桌，一邊用餐一邊談笑，總是談笑風生愉快極了。不過，現在我家餐桌上很難全員湊齊了。大寶小皮嫁人、結婚成家都有娃兒了，小多也負笈在美，一年難得幾日在家，餐桌上我煮的咖哩雞，常常只有兩老與在台北的小皮小光可以共餐分嚐了。

不過令人安慰的是，有時與大寶或小多視訊，看到他們姊弟不約而同的做了南洋咖哩雞當晚餐，連大寶的 T 寶寶與小 V 也愛吃，還頻頻稱讚好吃，似乎遠隔萬里重洋都可以感受到那垂涎三尺的美味，以及濃濃親情的阿嬤味兒與媽媽味道呢。咖哩雞正是我家的家傳菜，確實無誤。

追憶我豁達的父親二三事

　　女兒常笑我，一年有三個生日可以過，國曆的、農曆的、還有法定的身分證生日，可以有好多個生日，多過癮。正巧我身分證上的生日，是和父親同一天，八月十日，應該是父女特別有緣吧。但遺憾的是，父親已於 2007 年夏季邃逝，而且父親以前都過農曆生日，因此我從未和父親一同慶生，可私心底我卻偏愛在八月十日切蛋糕，感覺和爸爸更親近一些，和爸爸之間似乎多了一條秘密聯結，密碼 0810。

　　家裡務農，日據時代出生(1929)的父親，受的是日本教育，開南商工畢業，年輕時開過布莊，卻因為人作保賠了家業，中年轉職到日商養樂多公司上班，退休後晚年還在新光人壽兼差。父親一生豁達，平生愛交朋友、愛嚐美食、愛喝好酒、也愛旅遊，他很自豪走遍 30 多個國家，尤其日本走透透，不同季節到不同景點品味遊賞，他最在行。但也正以為歲月如常，父親一直是暢快愜意，好像人生一切都還算完美，不會有什麼曲折變化，故而我對父親的邃然離世，也就更難釋懷了。

　　那年六月中旬，父親從桂林旅遊歸來，還高興的向我展示帶回的小背袋，說要送給我的孩子；六月底父親生日聚餐，他說身體有小問題，腸胃不適，答應要看醫生去；不意七月裡大家都忙，八月初他去照了胃鏡，發覺狀況仍未改善，於是月中我陪著他住院、檢查、治療、

開刀，前後才五日，父親就走了!太匆匆，來不及說的話語無處訴說；太大意，父親的年度體檢我並未追蹤，未能及早察覺病灶；追悔、自責不時浮上心頭，無處尋父蹤。

至今我腦中仍常縈繞著他住院那短短幾天的片段，陪同父親做檢查，推著病床、進出電梯時，父親關心的問：「這兒幾樓?待會兒要到幾樓?」在做檢查時，父親也跟著看電腦螢幕，告訴醫師過去自己的相關經驗，他凡事好奇，處處與人為善。當護士打針抽血技術不佳、無法完成任務時，父親會善意的安慰，請她改找大夫出馬，還為自己的狀況致歉，待人十分寬容。每回大夫來巡房看診時，父親總不斷致謝感激；因檢查而有排泄物把衣服弄髒時，我幫父親清理換裝，他總是急著要自己來，拉著點滴管線穿梭檢視，以不麻煩人為尚；當地板染污時，父親也是急著指揮我快去清理，很自制又有公德……。凡此總總，讓我想著想著，心情沈重、精神不濟，更是思念父親。

身旁的親友和孩子都告訴我，要和豁達的父親一樣，放下一切，要從另一角度思考。確實，生命最終總要走上這條路，想一想豁達爽朗的父親沒有受很久的病痛，也算是福氣，他一生四處旅遊、享受美食、好友相伴、經濟無虞，都未曾有缺憾，或許應該常懷感恩，放寬心了。在如此轉念之下，想到和父親共處的溫馨片段，我心裡不禁開闊許多。

父親棄養時，我和姊姊都已年過五十，但父親每次

對他人說話，總是稱我們姊妹：「我彼查某囝仔。」(閩南語：
我那女孩子)話語中感覺還是和兒時一樣，充滿著愛溺。
我是爸爸口中的查某囝仔，從小到大到老，一直都是。

　　從小就常聽嬸嬸姑姑們聊天，說我是個愛哭愛跟路
的囝仔，小時候因為母親上班做裁剪師，傍晚天快黑了，
囝仔哭著要找媽，父親就天天用腳踏車載著愛哭鬧的我，
到六張街口竹林樹叢邊去兜風等待，我坐的是腳踏車前
面的小藤椅寶座，一直坐到個兒長大，擠不進去為止。

　　剛上小學的時候，因為沒上過幼稚園，我什麼也不
懂，第一次考試連自己的名字都寫反了(左右顛倒)，學
期成績當然也不佳，父親卻說：「有進步就有獎！」果真第
二學期我就名列前茅，成績優良，拿到父親發給的新台
幣五元獎學金了。當時一碗陽春麵二元，還有兩片紅燒
肉呢。

　　小學三四年級時，父親布店關了，改到養樂多公司
上班，我每天上學會順路幫忙配送養樂多，感覺自己很
受重用。那年代
一般人家裡都沒
有冰箱，養樂多
就放在腳踏車的
大冰盒裡保冷、
運送，吃冰消暑
解渴，是令人渴
望的；每每在夏
天傍晚，父親會

▲年終家庭聚餐在內湖，2006.12.25.

037

買一顆大西瓜回家，先放進水桶再吊到水井裡冰著，天黑了，父親會把大西瓜從井裡撈上來，全家人圍坐一邊納涼一邊分享天然冰鎮西瓜。我一直記得在那酷熱又沒有冰箱的年代，那冰鎮西瓜的滋味，和爸爸。

初中畢業參加高中聯考時，我單槍匹馬在一女中應試，沒有人陪考，也沒人搧風、遞水、相照應。考完第一天中午的考試科目時，我驚訝地發現父親出現在教室窗口！他手上拎著紙袋，向我招手，他特地為我送來兩個熱騰騰剛出爐的蔥花麵包當午餐。我不知道爸爸怎麼會找得到我的考場和教室，他也只說：「趁熱吃，下午還有考試。」就回去上班了。但從此之後，蔥花麵包便是我的麵包首選了。

念高中時，父親在宜蘭羅東任職，掌管養樂多蘭陽分處，個性急躁又衝動的我看不慣弟弟在家的作為，小學生不認真，就愛玩耍，我生氣寫信去告狀，結果父親沒回我信，回來也沒處罰人，反而帶著我們去羅東玩了一趟。

一直到我長大結婚生小孩了，父親又幫忙照顧我的大寶女兒。天天傍晚，父親下班回家，就用兩手在胸腹前捧著孩子，像請一尊菩薩一樣，帶著孫女兒去逛街散步，我們說他請的是「懿慈大佛」。就這樣日日相親，時時相近，大寶女兒學說話，不到一足歲就會叫「爺爺」了。父親遊玩帶大寶，釣魚也帶大寶，連去喝酒也還是帶著大寶！出國旅遊回來的小禮物，當然還是給大寶姊妹。這是愛屋及烏，「惜花連盆」吧？

　　記得父親最早赴日旅遊時，我還在讀大學，他帶回珍珠項鍊，給我好大的驚喜，說以後可以當嫁妝；後來父親再去京都時，他帶回整套的日本漆器，食盒和蓋碗，金碧輝煌，也說以後給我當嫁妝。如今四五十年過去，我把珍珠項鍊送給大寶女兒，當作爺爺送她的結婚禮物；把漆器食盒蓋碗送給小皮女兒，就放在大湖家裡餐廳的玻璃櫥櫃裡。

　　我又想起，當我搬到內湖，生小多兒之後痔瘡小手術，爸爸一早在我進手術室前，帶著兩大串葡萄來看我，他說：「葡萄補血。」後來，在九七香港回歸前一年，我攜女出國度假，父親自願來內湖替我看家，他自炊自食數日，還說我那長柄小鍋子好用，煮麻油雞酒剛剛好。

　　我還記得父親去世前兩年的三月底，因痛風住院治療，大寶女兒在醫院照料，護士誇父親的血壓和體重都維持得不錯，父親很得意的跟護士介紹：「我身材一直瘦瘦的，幾十年都差不多沒變，但是我這孫女就比較胖！」當場讓大寶立刻臉上三條線。然後，護士又問父親歲數，孫女都這麼大了，父親又得意的自稱：「我十八年級的！」笑倒一屋子人。大家流行稱三年級、四年級（民國三十年代、四十年代出生），樂觀開朗的老人家是一年級，不是十八年級啦。

　　點點滴滴，歲月如流水，印象卻鮮明，而今，一切都已遠矣！回到娘家，再也看不到熟悉的身影、聽不到熟悉的話語，要找父親只有夢裡尋了！我想到父親平生積極樂觀，對生活充滿憧憬希望，為人灑脫豁達，對親朋友

039

伴爽朗情深義重，雖是悲痛萬分心難捨，唯有自我安慰
父親是帶著護照周遊寰宇，到極樂天國遠遊去了，如此
彼此也就寬心釋懷許多。

▲我的兩個父親，爸爸與公公，2005.07.03. 因孩兒晉升中將
而相聚於台北。

「家」與「故鄉」的隨想：金門台北雅加達

當被問到：「你的家在哪兒？」時，毫無懸念地「我住內湖，家在台北」便浮上心頭，脫口而出。我生於三重，成長、求學、就業、成家都在台北，超過半世紀時間都在這兒，台北當然是我的家。

毋庸置疑的，成家立業的所在，即是家。但是，傳統上講「嫁雞隨雞」，女子出嫁稱為「歸」，夫家才是女生的家；所以，我四十年前結婚，嫁了個金門人，說起來自然應以「金門」為家才是。只是先生雖在金門出生，卻少小離家，十五歲便離鄉，負笈台灣，後又投身軍旅，四處漂泊，妻小皆在台北，金門故鄉雖有叔嬸、姑姨、舅妗與兄弟，我和孩子們只有偶而回去探親罷了，反倒是一輩子在外的先生（50 年）和公公（70 年），始終心心念念，情深意濃地「思故鄉」！「念故鄉」！

公公現年 92 高齡，他 20 歲就「落番」到南洋闖蕩，白手起家，胼手胝足終於在印尼爭得一片天，開枝散

041

▲如候鳥一般，每年過新年到雅加達全家團圓

葉，奠下基業宏模，著實令人欽敬。公公在出洋 22 年，事業有成之後，才第一次返鄉，再次踏上金門紅土地，見到老母親與兄弟時，想必有恍如隔世的激動吧。後來這幾十年，公公每每得空、或有重大節慶時，總會千里迢迢、飄洋過海，不辭勞苦地遠從雅加達返台轉金，就是要回故鄉走走、會會親友、盤桓幾日。

就以四月清明節來說吧：「聽風聽雨過清明，何人不起故園情？」去年此時，年逾九旬的公公，就特別帶著小叔遠從印尼雅加達返台，讓我們陪同一起返回金門故里去掃墓祭祖。無奈，鄉關路迢迢，每年初春總是霧鎖金門，我們一行人在台北松山機場，從一早天不亮等到夜幕低垂，足足耗了十三小時才得以登機，迨回到老家都已是上床時間了。我們那幾天就陪著公公去給阿公阿嬤掃墓，還去看看叔公、舅舅、阿姨、嬸嬸們，走馬看花，聊慰親心。

先人墳塋所在，即是故鄉。公公說：「樹有根，水有源。走得再遠，總還是要回家鄉看看，莫忘根本。」公公與先生都出生金門，年少即離鄉，在外闖蕩奮鬥一生，雖說長時間旅外，但在公公與先生父子身上，我看到的是濃得解不開的「故里鄉情」。幾年前父子返鄉興建「思源第」，作為家族故事館，正是大手筆體現鄉心的作為。

公公在雅加達家裡，固定收看海外華文電視頻道、訂閱中文報紙、參與金門會館活動、關懷僑社鄉親，對故鄉家族宗親更是提攜有加、關懷備至，回饋桑梓，不遠千里。尤其令我感動的是，公公家裡餐廳洗手台的牆

上，就掛著我們阿嬤(公公的老母親)的照片，每回用餐前後洗手，抬頭就見到阿嬤，思親與孺慕之情，不言而喻。

再者，公公循著古禮過日子，一如故鄉金門，行禮如儀，也令我泫然欲泣，感動莫名：每日黎明即起，第一件事是點一柱清香，對著大門口祝禱，祈願天公庇佑海內外家人平安，家鄉一切康泰。每年除夕，先祭祖、圍爐吃年夜飯，子夜再拜天公、辭舊歲祝新年，祭祀的乾果擺設皆有所本。大年初一早晨，給長輩拜年，依序跪拜叩首、道吉祥、領紅包，更是禮失求諸野，只有我們在雅加達做得道地。其他傳統節日，吃食、禮俗，也是如此。

我常想：哪裡是故鄉？**父親流浪的最後一站，就是故鄉**。台北是我家，沒錯；但雅加達有公公婆婆在，老人家如磁極一樣吸引著我們，關愛著我們，公公旅居於此逾 70 載，這兒是爸爸流浪的最後一站，他鄉早已成故鄉，我每一年來來回回數趟、最是備覺溫馨、備受寵愛呵護的所在，若說這兒不是「家」，哪兒才是家？雅加達已然成了我們的新故鄉。

父母在的地方，就是故鄉。於是，我知道，對在美國華府工作與讀書的大寶女兒與小多兒來說，台北有老爸老媽在，台北將會是他姊弟倆兒的故鄉。而居住在台北的我，情感上願以雅加達為故鄉，因為愛護我的公公婆婆定居在那兒。至於金門，就是公公和先生的老家，出生地，「思源第」的所在，就是公公和先生的故鄉吧。我是這麼想的。

043

　　總之，於我個人而言，**至親家人共同生活、居住的所在就是「家」**，那是我心靈的「桃花源」。而父母在的地方，就是「故鄉」；故鄉，同時也是父親流浪的最後一站；故鄉，更是父祖先人的墳塋所在。但在父祖長輩的傳統思維裡，故鄉，絕對是亙古不變的永世「桃花源」。

▲金門故鄉老雙落是公公與先生父子的出生地，也是國寶級家族長輩心中的桃花源。

我只想做個單純「愛家」人

「幸福嗎?」「很美滿!」這是很久以前流行的問候語,許多四、五年級生常掛嘴邊,相互招呼打趣。去年底(2018)我家老先生就領到敬老卡,悠遊卡搭車會「逼逼逼」三聲無奈。明年暑假(2020)我也可享同樣的福利優惠,歲月催人老,我們這群銀髮初老一族,走過青春、成家立業、養兒育女、已屆退休年齡,在這人生黃昏階段,夕陽無限好,不知回首來時路,你想做哪樣人?從往昔到今日可還符合自我期許?對未來可還有未竟夢想?自問還幸福美滿否?

沒什麼大志氣的我,中學時想當記者,想當作家,想為人伸張正義、打抱不平;上了大學,主修社會工作、關心兒童教育(曾任兒童教育研究社社長,且獲全國十大績優社團殊榮),當時在教育社會學課堂上,深受林清江老師啟發:「家庭是投資報酬率最高的地方!人人都應做好家庭經營。」我暗暗自許:我要結婚,我要成家,我要做個戀家、愛家的人!

去年(2018)正巧是我和先生結婚四十週年,打從學生時代結緣至今,已將近四十五個年頭,人生又有幾個四十五年可以如此相識、相知與相親呢?真是應該好好珍惜。若說婚姻是場人生的大賭局,那麼,這場賭注我可押對了寶?我不禁要自問:「幸福嗎?」「美滿嗎?」仔細一想,答案似乎應該可以點頭稱是的。

　　四十週年我們雖只邀請摯友淑藻伉儷和自家人聚餐，買個小小紅寶石與兩件襯衫祝賀，低調卻溫馨，情意如細水長流涓涓不止。我還記得，結婚二十五週年的親友餐會上，先生帶著三個大小孩子，逐桌向親朋好友們致意，他語調高昂、春風得意的說：「來來來，各位父老兄弟，這是我這輩子作了最聰明、最正確的選擇之後，努力了二十五年的成果展，大家看看，滿意吧？」喝了點酒，他輕鬆自在也幽默多了，芳鄰們說他看來可是豁出去了，這真情告白可一點也不像平日拘謹內斂的他呢。

　　想當年(1978)，男方來提親時，我家從祖父、父親到叔叔個個都質疑：為什麼要嫁個阿兵哥呢？軍人東遷西調的將來怎麼照顧妻小？而且，還是個金門人，連打探家世門風都不方便！再說，我們也有正當職業可養活自己，不結婚也行，難道真是非君莫嫁？結果就在小女子的堅持下，一切後果自負，外加男方一再保證，老媽哭了幾擔眼淚、十分不捨，兩個年輕人興沖沖結婚了。戀家的人成家了。

　　沒想到，我倆中秋節前一天結婚，隔日來自台灣南北與海外的親友一一告別之後，屋子裡就留下兩個傻愣子，望著當空的一輪皎潔明月，沒有月餅、沒有柚

▲孩子暑假返台攝於台北的全家福照
2018. 07. 21.

子、更沒有父母兄妹一起賞月，當時我好想立刻回自己原來溫暖的家去！一時紅了眼眶，結婚有什麼好？先生一看，立刻下樓上街去，想找點應景餚果討我歡心，無奈家家戶戶慶團圓，中秋夜店家早已打烊，他尋尋覓覓之後只有帶回兩顆大紅蘋果。那中秋的蘋果滋味，清清甜甜脆脆的，又略帶一點青澀，現今回想齒頰間其味猶存。

正如父叔所料，四十年的軍旅生涯，他果真東遷西調、台灣頭台灣尾、山巔水湄、本島外島、連離島的離島小金門都駐守過了。夫妻倆聚少離多，想吵架都沒時間了，更遑論生小孩。不過我們家三個孩子分別是六十八年次、七十一年次和八十一年次，先生頗自詡「戰力綿長」，還自誇：「太太生一個孩子是義務，生兩個孩子就要看看交情，我們有三個小孩，交情好得沒話說了。」其實，說穿了不過是「鞭長莫及」，機緣湊巧罷了！

雖然生了三個孩子，他只趕上老三出生時在場，不過，我印象深刻的是，小朋友小時候我們母女過馬路，他總是威風凜凜在路旁如交通警察一般，一邊指揮過往車輛、一邊保護我們過街，有著阿兵哥的老粗與憨傻，也有護犢情深的柔情。還有，每個孩子小學的寒假作業「元宵花燈製作」，他都帶著孩子設計、構圖、選材、製造、協力完成，三個人三個樣，奶粉鐵罐花燈、仿古紙糊宮燈、造型別緻南瓜燈，保證獨一無二，都是老爸嘔心瀝血之作。

由於軍公教薪水固定又有限，白手起家實不容易，我們四十年來搬了七次家，從十九坪的小房子，逐步換

屋到三十坪、四十坪、七八十坪，從全家人共用一個廁所到擁有三套衛浴，可以說是同步見證了台灣經濟奇蹟的進步歷程。剛結婚時，我們的藤製家具是分期採購，先買兩張單人椅子和茶几，下個月再帶回長條椅子，至於飯桌不可分割就只好一次付清了。當他還是個小尉官時，往返台北高雄總是坐夜班火車，搖晃六七小時來來回回。每次回家，背包裡總是順便扛些公教中心的罐頭食品，有時連奶粉、內衣褲、衛生棉也一併採辦齊全了。

就在這「治軍嚴明、勤儉持家」的理念下，我們確實慢慢改善了家庭經濟環境。只是大女兒常責怪為什麼給她喝「味全」，妹妹喝「菲士蘭」，弟弟喝「雪印」，害她容易發胖！唉！誰要她是老大，爸媽經濟能力最差，她不愛用國貨誰用呢？同樣的，姊姊以前也沒什麼穿得出去的名牌童裝，常常出遊的地方是植物園、新公園、博物館等免費公共場所，不像弟弟從小就有王子般的待遇。

年輕時我就夢想著，我家的圖像：但願有一天我能擁有一個小花圃，種一棵大樹，可以早晚在院子裡澆澆花、散散步，現在夢想終於實現了。我們的社區裡，花木扶疏，綠蔭夾道，早晚散步的時候，飄來陣陣樟樹的香味令人心情愉悅；自家的一方小小院落內，美人樹夏秋滿樹紅花，茶花、桂花、毬蘭、鼠尾草、鳳仙花四時綻放，可以腳踩自家泥土上澆水、修剪、施肥、除蟲，忙得不亦樂乎。幸福似乎可以摸得到、看得見了。

二十年前，當我們買下現在的住屋時，先生帶著孩子每週刷油漆自己粉刷牆壁，還給所有的木門櫥櫃上亮

光漆，前後花了二、三個月才完工，全都是看錄影帶、
買材料，現學現做一切自己來；到現在日常家務與掃除
工作，我們還是相信能夠勞動就是福，難刷的廁所與地
板清潔由老爸負責，洗衣晾曬熨燙，和廚房的工作則歸
老媽。先生「愛家」絕對無庸置疑，他時時在給孩子做榜
樣。電視有則廣告說：「幸福就是買房子給全家人一起住！」
我想先生正是在為全家人建構幸福的人。

　　週末假日當我與先生攜手社區漫步，走在巷道樹下
時，我知道我握到了幸福。就在去年，大寶返台、小多
赴美前，我們拍了全家福做紀念，照片裡大寶、小皮女
兒都已結婚成家，還有了Ｔ寶、小Ｖ和小光，小多兒役
畢、要負笈美國深造，孩子們都已長大也找到人生方向，
可以奉獻社會、實現自我理想，而且還有第三代如旭日
般升起，朝氣蓬勃、充滿希望。這一切都是「戀家、愛家」
的我，找到一個顧家男，共同努力打造，實現了我年輕
時的「愛家」夢想，我早年在國語日報寫東西，曾有一小
段兒童詩《我的家》，也算是對「家」的單純的理想寄託吧。

049

我的家，在鄉下。
小小的樓房兩層高。
一家五口剛剛好。
四周是田野，
屋旁有大樹。
夜裡靜極了，
聽不到噪音。
這樣的好環境，
住起來真開心。

▲台北瓏山林是我和先生白手起家
打造的家園，春蘭秋桂常飄香。

從香港蟻居談起

　　看看別人，想想自己！我常想：我們寄居在天地一隅，在地球七十億人當中，芸芸眾生有如螻蟻一般，人生真的是「天地過客，時光逆旅」，既渺小又短暫，我們真該惜福，把握生命的分分秒秒，為自己也為身旁所愛，創造更大的幸福啊。

　　我是臉書「TARITSI ARCHI 打里摺」粉絲專頁的小粉絲，經常會瀏覽這個建築藝術網頁所發佈的藝文訊息，有時心有所感，還會轉貼與好友分享。日前在我的臉書回顧上，跳出一則七年前 (2012) 的貼文，那是一位德國攝影師 Michael Wolf 拍攝的「香港蟻居」！再次細看 M97 上海當代攝影藝術畫廊提供的圖片，還是十分震撼，驚詫、感慨兼而有之。

　　多年前(2006--2011)，德國攝影師 Michael Wolf 以十六張相片、兩組作品的「香港蟻居」，呈現香港的建築密度與公屋居住實況。當時，在香港 1,108 平方公里的土地上，有 707 萬人生活著；他們頂著世界最密集的天際線，也承受著世界最沉重的房價負擔。攝影師在香港拍攝完成了「建築密度」和「100X100」(100 個居住在 100 平方尺公屋的家庭)兩組作品，作品裡展示了香港住房的裡外兩面，和風光背後的另一面。

　　從圖像中我見到高樓大廈林立、摩天高樓遮掩天際。細密的小方格，整齊劃一，色彩繽紛，壯觀的外觀，只

能瞠目以對，暗中讚歎。香港因著歷史、政治及地理環境等原因，土地開發率僅有 23.7%，用於住宅用途的土地開發面積只有 76 平方公里，佔土地總面積 6.8%。由於土地開發的限制，導致市區人口密度很高，現今 740 萬居民多居住在高層住宅內，全香港共有 6,588 座高屋樓宇，遠超過紐約的 5,818 座，成為名符其實的「摩天城市」，人群雜遝、摩肩擦踵，其擁擠可以想見。攝影師拍攝了香港蟻居，他們的公屋內外，100 平方尺、100 個家庭的真實面貌。100 平方尺（英尺）等於 30.48 平方公尺，也就是 9.22 坪，十分窄仄，一家子居住其中，幾十年，家當囤積有如回收廠。又能怎麼辦？我感慨萬千！你我人人在天地之間，豈不真如螻蟻？

051

　　「TARITSI　ARCHI 打里摺」粉絲專頁的編輯在我轉貼分享時，特別留言告知：德籍攝影師 /Michael Wolf 在 2019 年 4 月 25 日方於香港長洲家中離世，得年 65 歲。更令人不由得感傷，攝影大師那些令人窒息的混凝土「幕牆」，一幅幅遮天蔽日的抽象圖案，為當代香港留下藝術鉅作，也為歷史文化做見證，更發掘了社會問題所在。世上苦人多，香港蟻居裡有一住 30 年的 93 高齡老太太，也有 11 歲天真爛漫的小學生女孩兒，他們囿於環境，如同困在蟻居中的「籠鳥檻猿」，何時才能搬出蟻居？

　　根據調查資料，香港平均房價為家庭年收入中位數的 12.6 倍，居世界首位。截至 2011 年止，47.7% 的香港市民因無力購買私人住宅，居住在公屋（政府廉租房），或居屋（政府限價房）內。香港的「人均住房」面積

為 12.8 平方米（不到 4 坪）。九龍石硤尾公屋是香港第一個公共住宅區。1953 年 12 月 24 日，石硤尾木屋區發生大火，53,000 人無家可歸。港府直接介入房屋供應，在災後原址興建公共住宅，安置災民。石硤尾也成為示範點，開啟了香港公屋時代。2007 年 4 月底，Michael Wolf 得知石硤尾公屋將進行拆除重建，用四天時間挨家挨戶拍下了石硤尾公屋的每一間 100 平方尺（約 9.22 坪）的房間，展示了這些經歷了半個世紀的公屋，和 100 戶在此居住的家庭故事。2007 年 5 月 1 日，石硤尾的居民開始陸續搬離，拆遷開始。

一個國家或社會的居住政策，是否宏觀，有無遠見，是否為民設想，在此時就可見真章了。新加坡的國民組屋政策，十分成功，或可參考。只要是新加坡國民，到一定年齡就可申購組屋，依照已婚未婚、家庭人口數，申購合其需求大小的屋型（三房或四房），繳首付款後，貸款再按月攤還。我的妹妹、妹婿就住新加坡，一家十口人，就有五套住宅，自住之外都在收租。因此，新加坡人自有住宅率甚高，居住安定，社會穩定，經濟發達，國家繁榮，自不在話下。

回頭看看住台北我們，似乎比上不足比下有餘，環顧四周，自己家雖不是城堡別墅，但至少人人有自己的房間，俯仰其間，起居作息也還自在寬敞，能夠老有其屋，老窩猶在，何其有幸啊。只不過，近年來百行百業萬物都漲、唯獨薪水不漲，尤其台北房價節節高漲，年輕人早已買不起房，成不了家，也不敢生養小孩兒啦。

不知道「今日香港，明日台灣」是否也可引用到此？難道香港蟻居也將出現台北街頭？思及此，不禁凜然心驚，美好的仗，我們已經打過，也留下些許成果與戰績，真心期待我們的孩子們，努力奮起，愛拼才會贏啊！孩子們，一定要加油！

　　附註：圖片來源「TARITSI　ARCHI 打里摺」facebook 專頁網址 https://www.facebook.com/TARITSI/

▲ 壯觀的香港蟻居，居住其中，心情絕不壯闊。

樂齡四寶，後台朋友最好！

　　樂齡族常說：老身、老本、老伴與老友，是退休四樣寶。銀髮族總會相互告誡，有些人努力工作數十年，疏於運動健身、忘記經營家庭、人際關係疏離，一退休，忽然發覺生活空虛無重心、身體健康亮紅燈，什麼都不對勁，茫然不知所措，日子立刻陷入一片晦暗中，實在是大不幸。所以，若希望退休後能開創「人生第二春」，應該從退休前就要開始妥善經營規劃「退休四寶」，才能擁有自在又逍遙的樂齡生活。

　　「老身」是身體健康。健康是幸福的根源，每日固定運動：慢步、太極、瑜珈、游泳、氣功，或者登山、打球，都是必要的健身之道。「老本」是足夠的養老金、退休金。現代社會雖說錢非萬能，但沒錢可萬萬不能。沒有「退休月俸」的人，就要提早規劃、儲蓄、理財，有退休金者，也需要量入為出、妥為運用。至於「老伴」和「老友」則是退休生活的精神支柱與重要依靠，俗話說：少年夫妻老來伴，配偶是人生的最佳伴侶，朋友愈久愈見真情，老友如醇酒，一生永不離。

　　對於「老身、老本、老伴與老友」這退休四寶，尤以「老友」我體會最深。老身、老本與老伴，除個人努力之外，泰半要看天意，唯有老友，是個人可以用心經營與維繫的人際關係。但是，人生漫漫，知己難得，何處覓知音？依稀記得很久以前看過一段網路文字「後台朋友」，大意是：

　　莎士比亞說：「人生如舞台。」人生有前台，也有後台。

　　前台，是粉墨登場的場所，費盡心思，化好了妝，穿好了衣服，準備好了台詞，端好了架式，調勻了呼吸，一步步踱出去，使出渾身解數；該唱的，唱得五音不亂；該說的，說得字正腔圓；該演的，演得淋漓盡致；於是博得滿堂彩，名利雙收，然後躊躇滿志而回。

　　然而，當他回到後台，脫下戲服，卸下妝彩，露出疲累而慘黃的臉色，後台有沒有一個朋友在等他，和他說一句真心話，道一聲辛苦了，或默默交換一個眼色？這個眼色，也許比前台的滿堂彩還要受用、而且必要！

　　人生有沒有這樣的朋友，很重要。後台的朋友，是心靈的休息地。在他面前，不必化妝，不必穿戲服，不必做表情，不必端架子，可以說真心話，可以說洩氣話，可以說沒出息的話，可以讓他知道你很脆弱、很懦弱、很害怕。

　　每次要走出前台時都可能很緊張、很厭惡，但因為你確知後台朋友他只會安慰你，不會恥笑你，不會奚落你。況且，在他面前你早已沒什麼形象可言了，也樂得繼續沒形象下去。

　　人生有一個地方，有一個人，在這人面前，可以不必有出息，可以不必有形象，可以暴露弱點，可以全身都是弱點，這是很大的解放。有此解放，人乃可以在解放一陣子之後，重拾勇氣，重披戲服再次化妝，端起架子，走到前台去扮演該扮演的角色，做一個人模人樣的人物，博得世俗的讚美，獲得功成名就的利益。

　　話雖如此，後台朋友並非任何人隨處可以找到。有時候親如夫妻，同胞兄弟，也不一定能成為後台朋友，只因

「後台朋友」實在太珍貴了。你有沒有這樣的「後台朋友」？如果有，請好好珍惜。

為了珍惜「老友」，可以成為自己的人生「後台朋友」，在我家，除了一年三節（端午、中秋與新年），每逢佳節倍思親，我們會固定地與故舊友人、尊長親人聯繫，同時不定時的，也會利用年終或暑期「家族聚會」，與不同時期的袍澤或老鄰居敘舊歡聚，年年常相聚，看著孩子們一年年長大，我們雖兩鬢飛霜，卻十分欣慰暢快。在一年又一年的不同場合「家族聚會」中，大小朋友相聚，情感凝聚、相互扶持，真的是情如家人，真實感受到「We Are Family」！

我真高興至今還有昔日同窗、同事、鄰居常相聯繫，甚至還有年輕同事、學生、孩子的同學、先生的部屬等等時常往來，讓我可以學到許多新東西，繼續成長進步，這樣退休的「王小真」就不會變成「王老真」了。有朋友真好，尤其擁有真誠的「後台朋友」更好，樂齡四寶，老友最好！

▲我的後台朋友，內湖芳鄰2018. 10. 同遊台東。

輯二 呂慶元

悠遊人間且惜情

呂慶元，1954 出生於台北
烏來，長於臺中谷關、屏
東麟洛，祖籍廣東興寧，
曾任中小學教師 27 年，
參與自然科教學實驗，編
寫生活科技教科書，喜好
閱讀、彈箏，閒暇與好友
遊山玩水，或畫或寫紀錄
我見我思。

家庭書寫的開始

　　我出生於台北烏來，「烏來」在原住民的語言是「冒煙的熱水」之意，這大概是我喜歡溫泉，喜歡旅遊的原因之一吧。

　　我的父母都是客家人，父親來自廣東興寧，他 19 歲時加入了海軍，隨著國民黨政府到台灣，退役後找到電力公司的工作，繼續服務公職。21 歲時父親與我的母親結婚，隔年我在烏來出生，旋即又搬到台中谷關溫泉區的電力公司宿舍。在我八歲的時候，父親去世，母親帶著五個年幼的孩子回到了她的家鄉 --- 屏東麟洛，母親以她的裁縫手藝和兩分地的果園養育五個孩子長大，遵照父親遺言，每個孩子至少都有專科以上的學歷，殊屬不易，頗具客家先民的硬頸精神。

　　師範出身的我，接受過前後八年的師範教育，在中小學校任教 27 年才退休。我很喜歡我的教學工作，剛畢業時，因為學習成績不錯，在實習過程中很認真，最後獲得屏師附

▲三歲孫子幫我在大湖公園草坪拍的照片。

小校長的欣賞，進入屏師附小任教，擔任自然科老師 5 年；後來又到高雄師範學院工業科技系進修，畢業分發到臺北縣積穗國中，曾經指導學生製作花燈得全省優勝，擔任設備組長三年，設計圖書管理自動化管理系統；之後又調到臺北縣福和國中，曾參加自然與生活科技教科書的編撰。在退休前 5 年，在福和國中，應用學校良好的資訊設備，曾設計了一個平臺讓學生玩網絡商店，他們有很傑出的表現，師生一起得到了教學創新獎，這是一段令人難忘的經驗。

　教職退休後，跟隨丈夫到中國大陸就職，假日我經常安排兩人一起旅行。回台灣後，受到先生的同學鼓勵，勤讀兩個月之後，考上華語導遊，但是一直到目前，都還沒有帶過團、到過任何地方旅遊，不無小小遺憾。喜歡旅遊的我，2015 年到 2016 年曾先後兩度到美國半自助式旅行，我發現第二語言的重要性，所以回來之後常常在網絡上學習英文，因為我覺得如果英文好的話，到國外不管是結伴旅遊，或單獨旅遊，都較方便。去年(2018)兒子替我買了一個線上學習的課程，一個星期一次在線上與英文老師對話，還頗有趣味。活到老，學到老，對世界永遠保持好奇心，也許就是保持年輕的秘訣吧。

　剛逾花甲的我育有兩子，兩個孩子個性不同，一個學工程，一個學法律，長子目前在內湖工作，兩夫妻都很忙，所以我就「孟婆三遷」住到碧山巖下，好就近照顧他們的小孩。內湖這地區有很高的人文水準，搬來之後認識一些當地居民，都很熱心，平常白天我規律性的在

家學語文或彈古箏、做瑜伽，到了傍晚我會去幼稚園接孫子，然後帶他到公園玩兒，消耗一些體力，希望晚上吃飯的時候，他們的食慾比較好。目前每天看着孫子玩耍、接受他們的親吻，是我最大的享受。

　　我很滿足於現在的一切，自認為生活從未如此美好，每當我坐在靠窗的桌子看書寫字時，陽光和清新的空氣總是讓我歡喜不已。讀累了，我繞著社區走幾圈，抑或小睡一會兒，有時泡杯咖啡，看場電影犒賞一下自己，又可以反芻許久，回味無窮。我也喜歡用文字來記錄自己的感受，最近正計畫替老人家紀錄生平故事，因為美好的人生經驗，絕對值得後代共同回憶，傳承下去的。

▲ 2019 年 2 月 28 日多了個孫女，合影留念。

電動單車好伴侶

　　新竹竹北，兩個老人帶著兩個小孫子，兩大兩小兩部單車，沿著豆子埔溪，騎在河邊，唱著兒歌，看著夕陽緩緩落下，微風吹著稻浪，小麻雀嘰嘰喳喳，小孫子們呼叫一聲，鳥兒全部飛回天上，惹得小孫子們大聲呼叫：「快快回來，小麻雀！我們不會傷害你們。」這是我和老伴兒最是快慰欣喜的黃昏一景，樂在其中，永留心版的美麗畫面。

　　前幾年我們為了幫忙照顧孫子暫時遷居竹北。兒子特別為我在網絡上買了這部電動腳踏車，那是我最喜歡的禮物！這個禮物也讓我的孫女兒學會了「兜風」這兩個字，假日夫妻騎著車到南寮海邊看落日、放風箏、吃海鮮，回味無窮；我們最喜歡騎到芎林，沒有電線桿的稻田，芎林與竹北相毗鄰，沒想到一線之隔卻有柳暗花明又一村的感覺，從高樓林立到平疇沃野、稻浪翻飛，恍如武陵人的桃花源再現。只是，桃花源不可能長留久居，偶爾會看到高鐵穿過犁頭山，看著高鐵遠去的方向，就是臺北的家，那是我更為熟悉的生活圈，我心中祇能夠默默期待，孫子快點長大，我們再回臺北去吧。

　　在竹北那兩年，竹筍公園、竹仁國小、台元科學園區，到處都留下我們老少的蹤影，竹北、電動單車、歡樂的祖孫。因緣際會，兒子工作異動，我們去年底又遷居到臺北內湖，電動單車當然也一起搬上來囉。孫子放

學之後，載著他們到附近的碧山公園溜滑梯，有時候還會騎到大湖公園或碧湖公園，因為那兒有他們喜歡的沙坑，每天傍晚在戶外待上一個半小時，是祖孫一大樂事。竹北的歡樂，在內湖可以繼續延長，就因為有它 --- 我的電動單車。

現在我們住在內湖碧山巖山腳下，更覺得有這部電動單車實在太方便了，尤其對我這個膝蓋不好的人，上坡的時候，實在是大有助益，毫不費力就可攀登高處，而且一個禮拜只需充電兩次，就足夠每天騎它，四處征戰。有的時候我會騎到湖光市場附近的救國團學古箏，順便帶回一個禮拜的糧食，它輕便、耐操、最佳代步工具，實在是我不可或缺的好伴侶。

最近騎著電動單車到臺灣戲曲學院上寫作課，認識了五個新同學，我們準備一起出一本小冊子，裡面有我們集體合作的文章，這一回老師讓我們討論的主題就是 --- 我最喜歡的禮物，我靈光一閃，立即想到從竹北到內湖，兒子送我的這部電動單車，不就是我最喜歡的禮物嗎?就是你了!我的電動腳踏車，我的好伴侶，為我帶來莫大的歡樂與便利。

▲祖孫在新竹竹北豆子埔溪，兜風看夕陽。

童年三道菜

　　民以食為天，吃飯是人生大事。大人要吃飽飯才有力氣做事，小孩兒也要吃飽飯才能長大。但是，柴米油鹽醬醋茶，每日睜開眼睛七件事，尋常日子吃飽飯僅是基本需求，人們總會有吃得好、吃得巧的想望，希望能吃到吮指美味，齒頰留香，那種美好的滋味，連回味起來都是一大樂事。

　　回想過去品嚐過的美味，中外美食、各國料理，好吃的真不少。可是，當自己下廚，為家人做羹湯，看到他們愛吃歡喜的樣子，那廚娘的喜悅，遠比自己享用美食還更快樂千百倍。我印象中，就有三道平民料理，最為難忘，稱得上是咱們家的傳家菜了。

○ 蛋包飯

　　小孫子食慾不好，左思右想，挖空心思，想著什麼菜他們會喜歡？會愛吃？我想到了自己小時候，我的弟弟妹妹很喜歡吃我煮的一道菜，蛋包飯。

　　童年時，由於父親早逝，母親靠著裁縫本事獨力撫養我和四個弟弟妹妹，日子過得並不輕鬆。媽媽每個月必須

▲猶記弟妹們最喜歡吃我做的蛋包飯

063

到臺南一趟，去批發布料，回來裁製客人的衣服。每當媽媽出遠門，弟妹就歸我照顧了。我總是被封為廚師，照顧弟弟妹妹吃食，我最常煮的一道菜就是蛋包飯，這是媽媽不會做，而我又拿手的簡易料理，蛋包飯上淋著蕃茄醬，色香味俱全，教人很想大快朵頤一番呢。

每次我準備做蛋包飯時，弟弟妹妹總是圍攏過來，四個人八隻眼睛聚精會神的盯著我做，他們不希望自己的蛋皮破了，我小心翼翼地打蛋、煎蛋皮，但最後總難免偶有蛋皮破掉，那個不完美的蛋包飯就留給我自己吃了。

媽媽不在家，姊姊來掌廚，一人一份蛋包飯，看著他們心滿意足的樣子，也就是身為大姊的我最大的快樂了。這童年時的蛋包飯，現在過了將近半世紀，又要重出江湖，我不為弟弟妹妹，改為小孫子做蛋包飯，小客倌！可還滿意？

◯ 絲瓜

有一天，我看到媳婦餐桌上的晚餐有一道絲瓜，孫女還沒吃飯，就拼命吃那一盤絲瓜。我說，「哎呀！真是像阿婆。」我最喜歡吃絲瓜了，打從懂事開始，桌上只要有絲瓜，我那頓飯一定吃得特別飽。

小時候，我家果園周邊有一排絲瓜棚，媽媽說絲瓜要照鏡子才會長得好，鏡子就是那一個環繞果園的小河。由於陽光充足，土地肥沃，水質又好，菜蔬收成特別好，絲瓜種多了自家吃不完，還可以拿到市場上去賣，增加一點小收入。所以，平日我們最常吃的菜也就是絲瓜，我愛絲

瓜，其來有自。

還記得讀初中的時候，我非常喜歡到木材廠去拿一些下腳料回來自己釘櫥子，我曾經完成一座一人高的穀倉，令鄰居們讚嘆不已。有時候木土做得忘我，時間拖晚了，來不及上餐桌，等我要吃飯的時候，弟弟妹妹已經把菜吃光光了，只剩下絲瓜湯，我也不以為意，還是把那一碗飯淋上絲瓜湯，絲瓜湯拌飯！一邊瞧著我新製作完成的木工，一邊吃著絲瓜湯飯，非常滿足，絲瓜早已在我的飯裡生根了。現在，愛絲瓜的，又多了一個小孫女，看來我已找到絲瓜傳人了。

○ 滷肉汁

記得媽媽常常告訴我們，她愛滷肉，常常吃肉汁飯。

小時候，住在屏東麟洛，媽媽當裁縫養家。每天清晨，都會有肉販子在我們家門口擺攤，借用我們門口空地賣豬肉，媽媽總會請他順便為我們留半斤豬肉，並且絞成碎肉，好做滷肉用。然後，媽媽會放點醬油，用電鍋蒸煮，再加很多水，煮成一大碗的滷肉汁。每一次餐桌上五個小孩子總是把肉都吃完了，只剩下滷肉湯，留給趕製衣服來不及吃飯的媽媽，媽媽也不以為意，就著剩下的肉汁吃完一碗飯，經常如此，也就習以為常了。

我想，媽媽常常吃肉汁飯，是因為滷肉全給我們吃了，天下的媽媽都一樣，看到小孩吃飽就開心了，自己只有肉汁拌飯也甘心。後來我長大、結婚生子，媽媽也年老了，她幫我照顧小孩，也常做這一道菜餵養我的孩

子，媽媽牌滷肉，從孩子到孫子，繼續在燉煮著。還記得，每當媽媽心情好的時候，就會做一鍋鹹粥給大家吃，我一下班回家，就聞到芋頭蝦米鹹肉粥的特有香味，每每令人打從心底感到溫暖又幸福，無法自已。

　　遺憾的是，現今媽媽不在了，七年來，每次一嗅聞這熟悉的滷肉與鹹粥味道總讓我流淚不止，但我卻沒勇氣嘗試去烹煮，因為我知道少了媽媽，味道就不對了。

我們的領頭羊──婆太

　　婆太傅珍秋(1910--2005)廣東興寧人，是我先生的外婆，孩子們的「婆太」(客家話的曾祖母)，出生於清末，堪稱前朝古人，我們都習慣和孩子們一起喊老人家婆太。婆太一生處世明理重義，艱苦卓絕，勤儉持家，愛護子孫，無私奉獻，一直是我們的領頭羊，從以前到現在、乃至未來，婆太始終是我們人生的明燈。

　　婆太名諱傅珍秋，生於 1910 年滿清末年宣統年間，在廣東興寧鄉下，她的父親是個豬肉販，家有八個兄弟，唯獨她是女孩，只因食指浩繁，出生不滿一歲就被送到文子村王家，當童養媳去了。當時小女娃兒被送走，她身上穿的新衣裳，隨後還被帶了回去，聽起來真不可思議，連一套衣服都捨不得，難道自家骨肉送人做童養媳，竟是這般無情？婆太從小喝她婆婆的奶水長大，童年就能做盡所有的家事，舉凡種田、養豬的粗活，到下廚燒菜、做飯，洗衣、清掃等，十分認份地全部一肩擔起，無怨無尤，艱苦自立。長大成年之後，婆太跟先生 --- 王炳光圓房，生下獨生女兒王泉珠，也就是我的婆婆，我先生的母親。

　　我的婆婆王泉珠 18 歲出嫁，就跟著當軍人的公公離開廣東興寧老家，1949 年隨軍到了台灣，婆太獨自一人留守王家，因為寡居、成分單純，被選為人民公社的大隊長，管理全村一百多口人，她每天要計算每人工分、

067

並分配口糧，大隊長必須處事公正，但也見證了那個大時代的動盪與辛酸。記得婆太曾告訴我，當時大陸執行一胎化政策，她是大隊長兼生育計畫委員，常常看著懷孕婦女被迫墮胎除掉胎兒，尤以女胎居多，聽起來很真實，也很驚悚。

從沒離開廣東興寧老家的婆太，在她滿 70 歲那年（1981 年），獲准移居到香港，與從台灣嫁到香港的孫女兒同住；半年後，公婆透過救總協助，終於把她接到屏東長治鄉，一家骨肉團圓。婆太與婆婆，母女分隔 32 年，再相見，竟恍如隔世！看到婆太與婆婆執手淚眼，絮絮叨叨的對談，好似斷線的珍珠鍊子一一撿拾串起，完好無瑕。當時我才認識這個家庭不久，第一次見到婆太，她笑瞇瞇的，很驚訝我竟能用鄉音與她對談，又知道我父親也來自興寧縣，婆太更加高興，看來我們祖孫真是有緣，後來婆太當然全程參與我的訂婚、結婚、乃至我生子育兒，我和婆太的緣分可真夠深的了。

從認識婆太幾十年來，老人家一直在我們身旁，她身子骨健朗，觀念既傳統又時尚，時時呵護著我們，指導著我們。當次子耀南出生時，她雖然已經 73 歲，卻主動表示願意協助我們照顧這個曾孫，所以耀南就是婆太帶大的，長得健康壯碩，個性謙和而堅毅。耀南直到大學畢業，都跟婆太很親，非常懷念她，他說過將來如有著作，一定要用「珍秋」為作者名號，以紀念婆太。

婆太和我們同住永和秀朗路福和橋附近的大陸新村，曾經長期擔任我家五口的「採買官」，在我下班之前，婆

太早已將煮飯、洗切、熬湯都完成，讓我一回來就可以炒菜，一二十分鐘就可以把晚餐做好，上桌開飯。我衷心感謝有婆太在家，讓我這職業婦女下班後，得以輕鬆愉快應對；兩個小曾孫下了課，進門第一個看到的是婆太，家中有婆太在，孩子不必當鑰匙兒，真是幸福。於是，我們全家人也就隨著小孩兒稱媽媽、稱外婆為「婆太」；77 歲的婆太，每日走一兩公里接送小曾孫上下學，如此年長卻這麼健康，讓老師們印象深刻，記得幼稚園畢業典禮時，還特別替他倆合照，洗出相片送給她，原本以為她是奶奶，沒想到竟是年輕的婆太，大家還笑說一般人要 85 歲才當得上婆太呢！

　　婆太身體好，可能跟偶而喝點小酒有關。我印象最深刻的是，她會自己釀酒。我生老大耀東時，做月子中的麻油雞酒，就是以婆太自釀的糯米酒為底；冬日，她總是把糯米酒甕放在身邊同寢，用棉被緊緊圍裹，上班之前，她會問我要不要吃甜酒釀呀？如果我說好啊！她就打顆蛋放進去，給我當早餐，讓我暖呼呼的去上班。還有婆太很愛漂亮，常用粗毛巾摩擦自己的臉，想要去掉黑斑，結果卻紅通通的像凍傷一樣，我會給她擦藥，但不會說破。還有一次，她牙痛，竟然自己去牙科拔牙，事後還聽朋友建議，去鑲補門牙，每次照相露齒而笑，看起來比我婆婆還更美麗，我們也高興她可以過得這麼健康快樂。

　　我有空的時候會帶婆太去買布，替她縫製新衣服，每當有人誇讚好看，她總是很得意的說，是我孫媳婦做

069

的!假日裡，婆太常與我們夫妻及曾孫一同遊山玩水。她說她以前在大陸上，常常代表人民公社，從廣東省興寧縣到廣州市開會，在汽車上總是捨不得睡，看著窗外，生怕漏掉了每一處的風景，同村子的人都羨慕她，到過廣州上九街、下九街，那裡非常熱鬧，等同於我們台灣的西門町。婆太也喜歡我帶她出門增加見識，記得有一次，帶她到世貿中心看電腦展覽，我太專心看展，以致忽略婆太，讓她走丟了，我一直找不到她，怕她語言不通，迷路了怎麼辦?我非常焦急，後來打電話回家，婆太竟然在兩個鐘頭後，自己從世貿回到永和家中!她說她找不到我，就在世貿中心門口叫了計程車，她拼命用廣東鄉音說「福和橋、福和橋」，過了橋下車，就安步當車，一路走回家，這是我對婆太深深感到抱歉的一件事。

婆太總是早起，常告誡我們「早跐一日當三朝」早起一日當三朝，我們起床時，她已經繞公園走過五圈，她的招牌動作就是舉起右手與臉同高，和熟悉的人打招呼，她認識的人很多，雖然語言不通，但都變成好朋友。婆太很少生病，當她偶爾身體不舒服沒去公園時，公園裡的人總會問我，怎麼外婆今天沒來?

到了婆太 80 歲的時候，我想她該享清福了，笑稱她以後只負責煮飯，當「飯主任」就好，中午我會從服務的學校趕回來陪她，她常會趁煮飯時多蒸一碗蛋，味道火候恰到好處，鮮嫩順口;菜還是老規矩，先洗好備著，我可以很快就把冰箱前一日的主菜及湯加熱，變出三菜一湯，然後兩個人一起享受中餐。

　　到了婆太 90 多歲的時候，我們一起散步，看到葉子飄落，她曾有感而發說，「葉子總是會落下的，老人不走，小孩陸續出生，那麼多的人要住哪兒？」我聽了不勝唏噓。婆太 95 歲時，我先生到中國大陸上海任職，有一天夜裡，她脊椎劇痛無法平躺，醫生診斷是壓迫性骨折，一個月間，驟然便矮了一吋，加上她的小腿靜脈曲張，經常血管爆裂滲血，我不敢輕易移動她，讓她躺活動輪椅床，這也是我深感過意不去之處，最後與家人討論後，就送婆太到安養院暫住。

　　我知道婆太想和我們一起到上海，但很遺憾她脊椎一直站不起來，又影響泌尿系統，不方便遠行，每家醫院的醫生都說，婆太年紀太大，動手術很危險，最後三軍總醫院腦神經外科的劉醫師禁不住我們的要求，為她做了個脊椎鋼釘手術，婆太身體狀況底子好，加上醫師醫術高明又有主保佑，手術非常成功，我睡在加護病房旁家屬休息室的上下舖兩三週，也不以為累。迨狀況穩定之後，送婆太回安養院休養，後來有天半夜，我人還在大陸，婆太因為尿道發炎，腎功能變差，送到三軍總醫院，當夜呼吸曾停頓數分鐘，發現已晚，腦部失去意識，變成植物人，就這樣經過半年，婆太在呼吸治療中心走完她的餘生。

　　她走的時候是半夜，我懷著感恩，在她房間，夜半踩著裁縫車，通宵為她縫製了一套紫色金花套裝，似乎感覺她正看著我做，我不害怕；懷恩堂追悼會上，女兒、女婿、五個孫媳婿、十個曾孫圍繞著她，一百多個人唱著「奇

異恩典」紀念母親、外婆與婆太。一轉眼，如今耀南也已經有了自己的小孩，邀請我們夫妻參加月底的娃兒四個月「收涎」，更加讓我懷念一手把耀南帶大的婆太，婆太我好想念您、好感謝您，我要說：婆太，我們永遠愛您，沒有您就沒有這些子子孫孫，「細仔里最重要」小孩子最重要，是您一直掛在嘴上的，您是我們的領頭羊，我們會永遠效法您的精神，照顧好每一頭小羊。

▲ 2003 年最後一次帶外婆出遊，在新竹峨眉鄉綠世界。

爸爸!我想您了

　　一個多月前的週六，我帶著孫女兒去吃早餐，先到便利商店，買了一包巧克力給她，再到一家咖啡廳坐下來，她要我幫她打開巧克力，我就隨手折了一塊給她，不料她卻放聲大哭大叫，讓我非常難堪，問她為什麼哭？她使勁的繼續大呼小叫，我氣得把一整杯咖啡倒到水槽，將巧克力丟進垃圾桶，把這個無理取鬧的小妞兒立刻送回家。

　　走在回家的路上，想起自己小的時候，也曾這樣子哭。四五歲的時候，父親給我釘了一個書箱，裝了兩個把手在側邊；接著又給弟弟也釘了一個書箱，把手在前面；我吃醋了，爸爸比較偏愛弟弟，弟弟的箱子可以提著走，我的箱子就必須端著，很難看，也走不遠，我哭了好久。當天是中秋節，我連月餅也罷吃，繼續生悶氣，印象深刻，記憶猶新。

　　帶孫女兒再去便利商店，已經是一個多月之後的事了。同樣買了一包巧克力給她，她說：「阿婆，我自己會

▲ 1954 年父母親與剛滿月的我在師大路台電醫院附近相館合照。

073

拆了呦！」她把巧克力拿出來說：「阿婆，幫我照相。」哦！原來喜歡巧克力的小妞兒，是要跟巧克力一起合照，有機會讓她說出想法，我們祖孫也就彼此諒解了。如果有機會，我也希望能夠向爸爸說出我的心聲：「爸爸，我想要和弟弟一樣，有一個把手在前面的箱子，那該有多好啊！」

　　爸爸名諱叫呂安，廣東興寧高工畢業，退役後在台中谷關擔任電力公司技師。我記得，那時期每逢雨季會有很多漂流木，可以撿拾製作家具，我喜歡坐在木頭的另一端壓著，避免爸爸鋸木時木材晃動，父女倆不時相視會心而笑，那是一段和爸爸共處的甜蜜回憶；遺憾的是，這也是我所擁有的短暫父愛！因為父親在我八歲童稚時，就去世了。後來我長大了，也喜歡做一些木工，更在教了六年小學之後，還到高雄師範學院工業教育系進修，木工、電機、電腦、生活科技，都能上手，這或許是與父親一脈相承，父女冥冥中的相親相近吧。

　　幼年失怙，長大之後的我，總想多挖掘一些與父親有關的蛛絲馬跡，以解風木之思。曾經聽大陸上的親友說，年少時的爸爸總是沉默寡言，對當時社會的貧富不均，即使心有不滿，也只是會寫些傳單，在夜裡去張貼，類似左派分子常做的事情，卻也不敢真鬧革命。親友又說，1949 年國共戰爭後，爸爸投身海軍，在軍艦上會用英文寫日記，很可惜日記本都沒留下來，無法親眼見證父親年輕時的風采與文筆。不過他倒有留下一些個人證件，有童子軍結訓證書、有學校聘書，我也曾是童子軍，

所以我覺得跟父親更親了，我確實是父親的女兒。

　　大伯告訴我，父親曾在離家鄉很遠的江西擔任小學老師，時局不靖又鬧饑荒；父親放暑假自江西回家，在路上看到有人販賣孩子，只索價幾公升白米；父親憐憫那個孩子，回家央求奶奶，可否把那個孩子帶回家？奶奶答應了他，養大之後，剛好二伯（爸爸的二哥）在一次執行公務時，因為將槍借給別人，違法犯紀，最後被處決，之後這孩子就取代二伯，承續呂家香火，取名繼紅，有繼承香火之意。多年以後，這個繼紅一直是奶奶身邊最親近的人，他長大娶妻生子，兩個兒子又生下五個孫子，果然是火火紅紅。繼紅是父親心善仁慈，央求奶奶用白米換回來的兄弟。

　　隨軍來台不久，爸爸就退役，跑去當商船的船員。商船常分配一些物資，當他在基隆港上岸之後，會到表哥漢華家裡，表哥家有七個孩子，爸爸帶去的營養品，對他們很有幫助，爸爸也可享受短暫的家庭溫暖。那時爸爸的親大哥呂章，在高雄那瑪夏鄉擔任校長，他勸爸爸要留在岸上建立家庭，於是介紹伯母的一個表妹相識，後來爸爸就跟這個表妹，也就是我的媽媽結婚了。後來，在一次火燒船事件後，父親決定上岸，他應徵電力公司的技師工作，常常受到上司器重，帶著外籍工程師巡視各地發電廠，還留有多幀照片，看來十分風光。

　　爸爸在電力公司的第一個工作地是在新北市烏來變電所，我們住在製材廠附近；第二個工作點是在谷關發電廠，我們住在服務站的日本宿舍。我還記得宿舍旁邊

有個專門招待外籍人士的招待所，那廚房窗口廚師裁掉的吐司邊，饞嘴的小孩總視為珍饈。我總是懷念宿舍溫泉池，可在裡面學習悶氣，偶爾爸爸會帶我們到河邊游泳，游泳圈是廢棄輪胎的內胎，愉快的回憶常讓我度假總想回谷關。那時期，晚上爸爸喜歡用超級大的水壺煮開水，然後將牛奶溶解在裡面，每人睡前喝 500C.C 牛奶，所以我可以長得很高，是有原因的。

兒時爸爸每天派給我的任務就是幫忙整理書桌和書房。我總是和弟弟妹妹玩到忘了這件事兒，每當爸爸推開院子大門的時候，我預料爸爸脫下鞋子，上書房榻榻米前和媽媽說話需要時間，而我一兩分鐘之內和弟妹收好絕對沒問題。小學我念的是博愛分校，每學期初，需要到博愛本校去參加開學典禮，松鶴村的博愛國小有福利社，有一次，我用前一天在爸爸書桌上撿到的零錢買了一點冰糖，結果尚未吃完的冰糖放在書包，招來老鼠把我的新書包咬了一個洞，從此我聞鼠色變，避之唯恐不及，但我從未對父母坦承，這老鼠的故事。

爸爸學的是電工，他會趁晚上大家睡著之後，修理鄰居拿來的收音機，我也喜歡修東西的成就感，孫女兒常稱我是修理高手。還有我從小就不怕蛇，我常看見爸爸夜裡去抓蛇，煮一鍋蛇湯給我們當早餐，所以媽媽視力好，到老年都還可以穿針線；同時，蛇肉對皮膚也很好，所以我們家孩子皮膚很少長疔瘡。

在我八歲的時候父親操勞過度，三十歲正青壯年就過世了，母親帶著五個稚齡小孩，住在外祖父家隔壁，

我們家中的傢俱都是爸爸做的，撫摸這些傢俱，想著爸爸，不無遺憾，爸爸留了很多螺絲，似懂非懂的我常拿去換糖果和弟弟妹妹一起吃。當時在谷關，我的同學中有些是原住民，他們總是穿著美麗的洋裝，有一次跟著同學一起回他們家，博愛村戶戶家徒四壁，全村都出外耕種或打獵去了。後來我也有了一件這種美國人捐贈的衣服，上面的鈕釦是水晶玻璃做的，夕陽下會透射出一道彩虹，我非常喜歡，暫時忘卻失怙之痛。

　　雖然爸爸不在了，不過還好伯父如同我的父親一樣關心我，雖然他住得很遠，卻經常寄一些參考書、自修給我，讓我可以在老師還沒上課之前，先熟讀課文及查生詞，所以我總能名列前茅，高中聯考還考了全縣第三名，但我還是放棄了高中，去讀師專以減輕家裡負擔。

　　我現在滿喜歡寫英文日記，我覺得當我寫日記的時候，好像跟爸爸更接近。有的時候我會做夢，在槍林彈雨中和爸爸躲在傾頹的廢棄牆角邊。我一直嚮往回到父親的家鄉，印度諺語說，一切河流交會之處都是神聖的，興寧縣水口村是寧江和梅江的交會口，河東堂呂家經營酒餅生意，爸爸也會釀酒，我喜歡他釀的烏梅酒，我的酒量不錯就是爸爸訓練的。水口自古以來有鹽市，商業發達，不遠的新墟市是附近最大市集，奶奶的父親是個舉人，奶奶自幼聰明靈巧，她製作鋁、竹器具，讓爸爸拿到市場去賣，常叮囑爸爸，如果收市還賣不完也要捨本賣出，因為來回運送不如多做一些。爸爸也曾告訴我，奶奶教他洗碗要用手摸過檢查，所以我洗碗也會仔細的

用手觸摸，閉上眼睛我感覺自己更接近爸爸了。

　　大伯呂章家食指浩繁，爸爸偶而會接濟他們，媽媽常為此事生氣。有一次爸媽起爭執，媽媽氣得回屏東娘家去，離開一陣子，氣消了，回谷關宿舍時，媽媽一路擔心沒帶鑰匙，我悄悄的先一步走到屋後，爬進廁所小氣窗，進到房裡，默默的把玄關打開，迎接媽媽。弟弟跟爸爸長得很相像，我的大伯母就常常說，「木木固固」(客語形容木訥)真是一個粄印印出來的呀！從弟弟的身上，似乎可以看到爸爸身影。

　　父親會木工、會電工，懂營養、懂生活，心慈仁善愛家庭，是個「君子不器」的多才爸爸。雖然爸爸不在我的身邊，已經超過半世紀，可是每當我閱讀他遺留下來的書冊，使用他手做的書桌、餐桌，聽聞他年輕時的行誼閱歷，感覺父親的手澤仍有餘溫，感覺父親的影像依然清晰，父親始終不曾離開我們。小時候的我覺得，爸爸一直在我的身邊，現在我仍舊如此相信，父親一直留在我心裡，我夢裡。

　　PS：寫於孫女四歲生日當天，以資紀念父親。

新桃花源記—司馬庫斯

　　「晉太元中，武陵人，捕魚爲業。緣溪行，忘路之遠近。忽逢桃花林，夾岸數百步，中無雜樹，芳草鮮美，落英繽紛，漁人甚異之。……」陶淵明的〈桃花源記〉千百年來不僅人人琅琅上口，且都心嚮往之！期待能覓得一世外桃源，優遊其中。這幾年我曾去過一個好地方，而且去了又去，幾次到訪，流連忘返，心心念念，深深覺得不必出國遠求，那兒就是我心目中的桃花源了！我親耳聽聞、親眼見證的「新桃花源」故事是這樣的：

◐ 司馬庫斯的神木發財說

079

　　新竹縣尖石鄉司馬庫斯，是泰雅族原住民的司馬庫斯部落，居民日出而作日落而息，種植小米、打獵爲生，這兒沒有自來水，也沒有供電，遠離塵囂，群山環繞，幾乎與外界不曾來往。倚岕是司馬庫斯部落的頭目，有一天，倚岕在睡夢中，聽到森林裡的神木對他說：「倚岕，我將爲你們這個部落帶來財富。」

　　第二天，頭目便召集部落所有人，一起開會研商如何因應神旨命諭。從那一天起，司馬庫斯便開啟一套嶄新的管理機制，村民各司其職，工資由眾人討論決定。部落裡難免有人反對，一些人不願意自己辛苦所得，需與勞逸不均的人平分，長老們勸說無望，也就任由他們離去了。

　　倚岕頭目引述神旨說，後代教育非常重要，以前沒有文字，只能口語教導，為了部落的教育與傳承，翻山越嶺，四個小時，才能到達現在的新光國小所在，後來馬塞帶領族人動手蓋起一所學校，由村裡婦女輪流教導族語、數學，部落耆老也幫忙指導眾學童與年輕人，教導相關的植物知識以及打獵、編織等傳統生活技藝，目前已經有受過教育訓練的原住民老師了。

　　就這樣，歲月流轉，悠悠忽忽，司馬庫斯部落「寒盡不知年」地在山林雲霧縹緲間，自在呼吸著，不知經過了多少寒暑，鮮為人知。直到「司馬庫斯擁有珍貴的巨大千年神木」的訊息被登山客偶然傳揚開來，不出幾年，部落訪客漸多，才開始有規模的開發與建設，神木區遍植櫻花樹、桃花樹，美麗的風景吸引更多的冒險家前來旅遊觀賞，訪客來了，自然有食宿需求，果真應驗了當年的神木旨意。於是，部落青年採用當地檜木蓋了咖啡屋及無煙餐廳，初期雖交通不便，每年仍有上千遊客。到 1979 年電力接通後，部落開始設服務站接待訪客住宿，到了 1995 年，遊客可自行搭乘遊覽車，到竹東換搭 21 人座小巴，到達新光部落，然後再換搭當地人的農作「蹦蹦車」，一路搖晃顛簸著進入部落，

▲ 2018 年 5 月從司馬庫斯遙望鎮西堡。

終於揭開司馬庫斯這「黑暗部落」又稱「上帝的部落」的神秘面紗。

○ 味道溪人物傳奇

我認識一個司馬庫斯部落女孩叫趙彤，眉清目秀，她的爺爺曾經參與中橫的開發，年輕時從鎮西堡眺望對面山頭，走了兩三天，披荊斬棘，終於到達人跡罕至的人間仙境，見到美麗的司馬庫斯部落少女，留宿多日之後，彼此愛上了對方，頭目卻說：「泰雅族堅守母系社會傳統，你必須留在司馬庫斯。」於是，他為了愛長住下來，跟著部落族人打獵生活，有一回狩獵回程中，他看到族人將豬的大腿放在溪流裡冰鎮，原來自古以來，下遊的人總覺得溪水有肉的味道，所以這條溪被命名為「味道溪」。

司馬庫斯有了電力之後，頭目在內灣老街電器行，訂購了一座中型冰箱；當時馬路只鋪到新光部落，大家必須從新光部落將新冰箱扛回來，四人一組，八個人輪流，一共費時八個多小時，到達部落的時候，這些壯漢的肩膀都滲出血絲了。全部落僅此一部冰箱，每家人只分配約一公升的容量，可放置肉品，但大家都高興萬分，終於不必天天打獵了。現在，部落裡幾乎家家戶戶都有自己的冰箱，那是 1995 年馬路打通之後的事了。

部落中有婦女是從宜蘭大同鄉嫁來司馬庫斯的，雙方父母因在森林打獵認識，有緣結成兒女親家；司馬庫斯的新媳婦懷孕時也和平日一樣工作，每一次要回娘家看望父母，常常需要走一兩天山路，有時候，還要在深

山裡頭搭帳篷過夜，等天亮再繼續走。

拉互依，高大俊美，是司馬庫斯頭目的兒子，靜宜大學生態學系研究所畢業，論文口試時，教授還聘請部落長老來擔任口試官。目前他擔任導覽工作，太太鄔黎負責財務，部落年輕人種植小米、水蜜桃、綠竹，婦女則分擔餐廳與民宿的工作。到了發薪日，婦女領到的錢，會比男人還要多，因為部落長老覺得婦女比較辛苦，老人也照樣工作，有貢獻者應得到酬償與敬重，這也是個小小「大同世界」。

拉互依，每逢颱風季節前後，會帶領族人到神木步道巡視，倒塌的樹木要整理，崩毀的路面要鋪設，路況不好，會先發訊號給登記入園的團隊，暫時不要上山，以免敗興而歸。村裏頭每一家門口都有一個木刻彩繪標誌，打獵的就是一把獵槍，耕種的不是鐮刀就是鋤頭，拉互依家是麥克風，也許因為他是負責導覽吧。

部落婦女到餐廳上班，趙彤的媽媽會把年幼孩子帶在身邊，每一個客人都會自動將碗筷送回廚房櫃檯，這樣趙彤媽媽就省下不少額外工作。有個早上，我在部落裡散步遊走，看到這一天部落裡的小學要做實驗，老師叫小朋友去取冰塊，小朋友聽老師的話，捧著冰塊，快速奔跑在小山坡上，生怕冰塊融化了，小小的身影有如一群靈動的小天使，真是可愛極了。

服務站旁的山坡下建有教室，三間教室裡面各有一位老師，老師同時教兩個年段。靠走廊的小朋友上完了國語，接著做功課，老師換教靠窗邊的大朋友數學，趙

彤功課做得快，常偷偷地聽大朋友的數學，老師的問題，她也能答得出來。

　　週日全村的人都到教室旁邊的教堂來做禮拜，那一年水蜜桃採收前，正巧有一場婚禮，新娘子 Sonun Batu 是來自越南的華裔，經過宇老部落的雲南籍老兵介紹，認識了從小失怙的泰雅族正雄，千里姻緣一線牽，十分難得；他們生下的小寶貝，皮膚白皙像媽媽。Sonun Batu 也在民宿廚房幫忙，遊客都非常喜歡她做的越南風涼拌木瓜絲。

　　每日下午，Sonun Batu 需要到山坡上的民宿整理，還好多數客人自備盥洗用具，不過一天下來，常常也要忙上七八個小時，晚上回到家才從婆婆的手裡接下娃兒，這時正雄也從山林帶著獵物、玉米回來，一家人過著平淡，卻又有滋有味的生活。

　　村中唯一的雜貨店，賣的只是些日常用品。每週一次的電影欣賞，是唯一的娛樂。郵差一個星期只來一次，Sonun Batu 寄給父母的禮物，需要　個多月才收得到呢！還好現在手機通訊很方便，可以透過視訊，讓外公外婆看到小外孫。Sonun Batu 除了偶而想念爸媽，平日還算頗為快樂，因為司馬庫斯很像她越南深山裡的家鄉，她的外祖父是雲南人，所以她也聽得懂一些國語。

　　◯ **新桃花源故事真實上映中**

　　趙彤小學畢業，上尖石國中後，只能一個星期回家一次，趙彤母親集合了村子裡頭幾位家長，駐校輪值照

083

顧。孩子們擅長木雕，有些還能做陶藝，也有的喜歡烘焙，學有專精的志工們透過至善基金會安排，長期擔任他們的輔導員，導師或校長輪值住在學校，晚上都會巡視宿舍，所以學校有著「零中輟」紀錄。

街舞跳得很好的趙彤，喜歡音樂及歌舞，功課也名列前茅，畢業榮獲校長獎，考入戲曲學校，她準備將來畢業加入劇團，往戲劇藝術發展。趙彤曾在課堂上告訴老師和同學她家鄉的故事，她心中有個大大的心願，將來一定要為家鄉編一齣戲：新桃花源記---司馬庫斯傳奇。

<桃花源>裡「土地平曠，屋舍儼然，有良田美池桑竹之屬。阡陌交通，雞犬相聞。其中往來種作，男女衣著，悉如外人。黃髮垂髫，並怡然自樂。」他們為避秦時亂，而入絕境，竟不知有漢，更無論魏晉，可惜後人再尋無著，最後成了虛幻的烏托邦。而我的司馬庫斯，有神木長林修竹，青山綠野藍天白雲，部落族人和善可親，確實是新竹尖石一處可以真實擁抱的「現代桃花源」啊。

I will follow you！

　　說來真是有緣！這暮楡之年，在芸芸眾生裡，因緣際會能與王老師相逢、相識，又有幸成了師生，一起提筆共寫作，找到樂齡自在的幸福，實在是莫大的快慰！王老師就是我現階段的偶像了。

　　記得是今年春季「人間四月天」的某個周末，我帶著小孫女外出吃早餐，因為孫女兒耍脾氣，我先送她回家，偶然間信步走到內湖庄役所（現在的內湖公民會館），正好會館有「碧山巖下三家春」生活藝文展，我一進會館便沈浸其中，駐足良久，深受吸引了。這是我初識王老師的「展場偶遇」。

　　「碧山巖下三家春」生活藝文展的策展人，是臺灣戲曲學院的王素真老師，她也是陳展人之一，「三家春」其中的一家，王老師「愛的書寫」作品有十多冊書籍，小小書展十分豐富，我被其中兩本書完全吸引，駐足閱讀一個多小時，手不離卷、目不轉睛。

▲碧山巖下三家春在內湖公民會館展覽與王老師初次見面。

　　這兩本書《台灣阿嬤好生活》、《台灣阿嬤萬里單飛美國行》，我非常有興趣，第一本書讓我瞭解現在居住的地方，碧山巖的人文，在地風情；第二本描寫的情景，就是我前兩年曾去過的美國，相似的經驗引發我極大興趣。於是我就到櫃檯詢問，何處可獲得這兩本書？沒想到作者本人王老師就帶著女兒和孫子出現在眼前，她主動給我優惠價，並允諾親自送書到我家，當晚我連夜一口氣看完《台灣阿嬤好生活》，全書內容豐富，文章所敘述的非常有趣，都是屬於我這個年齡的經驗，實在受益良多。第二天，我又接續看完《台灣阿嬤萬里單飛美國行》，非常敬佩王老師，就馬上把手上的臺灣戲曲學院推廣教育組「樂齡書寫班」報名表，立即填好傳真過去，我要跟著王老師上學去囉。

　　「樂齡寫作趣」五月四日開班，上課到目前為止我已經寫了五篇文章，王老師要花許多時間幫我們修改作業，我非常感謝老師對學生的認真態度，精益求精，也感謝同學追求十全十美的態度，彼此切磋，相互砥礪，大家都很有進步，也謝謝小孫女讓我有這個機緣，找到生活中的另一個春天。

　　自從認識王老師之後，我成了她的臉書粉絲，她常常發表一些文章，就像五月份，老師到雅加達，幫公公做生日，家人訂了一種壽桃，切開來裡面有小壽桃象徵多子多孫，讓我印象深刻。從這裡可以看到老師與家人，用心體貼之處。

　　老師不但對公公婆婆非常孝敬，對於小姑、小叔也

非常親切，例如先前老師的公婆慶祝金婚，她們全家和樂融融，教人欣羨，尤其特別的是他們女眷們都上美容院去梳頭化妝，完完全全印尼風，大濃妝、蓬蓬頭，活脫脫白嘉莉再現，姑嫂、妯娌、婆媳感情特好，老師體貼地順著姑嫂婆婆之意，接受師傅化妝梳頭，變了一個新人，我想學習老師對家人的態度。

　　老師育有三個孩子，生小女兒第三天時，在醫院獲知委託娘家媽媽照顧的大女兒自陽台摔下，兩處顱內出血、腦殼裂傷呈十字形，幸無生命危險，他們一起打過生命戰役，驚心動魄而感人。後來大女兒長大結婚，兩次生產，老師都親自到美國，一手包辦坐月子、照顧女兒與小娃兒，母女情深。小女兒在台北，要生小寶貝時，因子癇前症而住院剖腹早產，驚險萬分，我也是透過老師的筆，隨之心情跌宕澎湃、感動至極。我想學習老師對子女無微不至的愛。

　　老師在戲曲學院一直擔任國文教學以及輔導工作，教學認真、輔導用心，對畢業同學甄選進入好學校，費盡心思，幫學生將自傳履歷與備審資料改了又改，一直到他們通過大學推甄為止，我想學習老師對學生「愛」及履及的態度。

　　老師與同學、同事們也常相聚會、憶舊、互勉，在三重高中、南湖高中、復興劇校、臺灣戲曲學院等學校，都克盡己職、全心投注，深為長官器重，我要學習老師做事認真，全心投入的敬業樂業態度。

　　現在戲曲學院正放暑假，但老師還要為我們「樂齡寫

作趣」的課程忙上一陣子，方能到美國探望孫女，她上網訂機票、安排行程、準備孫女愛吃的零嘴兒、還受託來自雅加達曾祖父母的禮物，又是一番辛勞，不過想到可以跟兩個孫女相聚一陣子，必是兩老日夜期待的想望，我想學習老師對孫子無盡的愛。

最近看到老師的新文章是參加內湖老鄰居喪禮的心情，很感動老師與鄰里的深厚感情，她對人真誠，即使已經搬離舊居多年，仍持續關懷他們，思念之情讀來令人動容，我想學習老師對社區鄰里之間的愛。

樂齡寫作班每次上課，老師都為我們準備講義，書面以及數位資料，非常珍貴詳盡；我們幾個樂齡同學有如少奶奶學畫，認真卻也隨性，但經大師潤飾後卻不失本色，令人感佩。老師讓我們覺得寫作不難，只要有老師，想到甚麼就寫什麼，老師會指導我們適度剪裁、去蕪存菁，當然愛說故事的我最樂了，愛上寫作，每天一早起來就學老師記下每日所見所聞，我想學習老師認真的生活與寫作態度。

我們像是撒野的小孩，玩了一地的玩具有媽媽收拾；又像愛買的主婦，買回大批食材有廚娘幫忙；來到樂齡寫作班，真有老來學爬文的幸福感。但我經常忽略老師有規律的生活，突然間靈光乍現，就把破爛文章像小孩愛現的上傳給她了，後來才發現老

▲是她就是她！我的孫女讓我踏入了寫作班。

師每天有固定的事情要忙，有時候她要去做運動，有時候她要上美容院，有時候她又要探望老人家去，更多的時候她需要做家務事，她的行程總是滿滿的。不過，老師總是把家裡整理的有條不紊，洗衣燒菜樣樣自己來，還要當保姆帶孫子，又要照顧小花園的花花草草，真無法想像這樣忙碌，還能連續出那麼多本書，也經常在臉書上發表新文章，我真是佩服。我想學老師有紀律的規劃自己的生活，也能像老師一樣追求「健康美麗、學習成長、回饋奉獻」的樂齡生活，並做個無齡感的終身學習者。

▲南下看樂齡寫作班導演同學所導新戲，結識另一位王老師，編劇王瓊玲教授，開啟我寬廣新視野。

浪子回頭金不換

　　新編歌仔戲《寒水潭春夢》的導演是我「樂齡寫作班」同學劉光桐，他是第 25 屆薪傳獎的最佳導演；同學導戲，自然要去捧場，南下高雄看好戲，這難得的機緣豈能錯過？

　　這齣戲說的是發生在嘉義梅山的真人實事。故事主角良山，編劇中正大學王瓊玲教授描述，他曾經是個罪犯，愛上同村的少婦，性侵失手；因為未成年，所以只判 20 年徒刑，出獄後良山隻身到臺東種植香菇、金針菇，遠離家鄉，長時間自我沈潛，反省懊悔年少輕狂、期盼有朝一日能夠「更生」。良山的兒時玩伴耕土，一直在梅山老家代替他盡人子之職，照顧良山的老母親。整齣戲最感人的是，良山的父親，他為了替良山頂罪而自殺身亡，成了良山心頭永遠的痛。意外受害的少婦，則是良山心中另一處永難磨滅的悔恨與傷痛；所以對少婦的媽媽，他滿懷歉疚也祇能想盡辦法賺錢，寄錢回去稍作彌補。

　　30 年後，良山終於鼓起勇氣回鄉！最後，耕土通過「做醮」過火的過程，幫助良山能夠重新做人，至於梅山鄉的人有沒有原諒他已不重要，良山到各處的監獄去面對受刑人，現身說法講述他自己的親身故事，許多受刑人都感動流淚，有勇氣回到社會重新開始，這才是《寒水潭春夢》良山生命故事的重點所在。

　　我們看的週六晚上那場，是《寒水潭春夢》高雄三場

演出中的第二場，幾乎全場爆滿，讓我十分驚訝，原來歌仔戲在中南部觀眾如此之多，有兩輛遊覽車載著滿滿的人南下看戲，有臺南的，也有臺北的，真是熱鬧。因為這齣戲祇有在鳳山大東文化中心上演三場，我很榮幸，認識了我的同學劉光桐，他給我們這個機會，真看了齣感人的好戲。

　　我想在這個世界上，曾經犯錯的人一定不少。或許有許多因為賭博、吸毒、犯罪，毀掉整個人生的人；例如我的同班同學先生、我的妹婿，他們都曾經因為賭博，或做股票幾乎傾家蕩產，而悔恨不已。過失殺人的，一定也有「一失手成千古恨」的故事，與良山的版本或有不同。

　　吸毒就沒有那麼簡單了。我的朋友秀香，乾兒子的親弟染上吸毒，母親年邁沒辦法生活，秀香熱心收留她，但條件是這個母親不能再與吸毒的兒子接觸，兒子屢次逃出戒毒中心，母親不忍心他沒地方住，陪著他回到他們原來的家，狹小的家裡要擠四個人，哥哥、嫂嫂也受累，全家人永遠走不出這個「吸毒」的陰影，仍然日日月月煎熬著。

　　另外我也有個女同事，是音樂老師兼管樂團長，父母離婚，弟弟吸毒，雖擔任老師收入穩定，但是弟弟無止境的索求，毀了她一生，後來不幸自殺身亡，一個年紀輕輕的女孩就這樣走了，令人萬分不捨。兩年前，我還住在竹北的時候，我經常到竹北長老會去做禮拜。在那裡牧師曾經邀請當地一個年輕人從戒毒中心回來做見證，他成功戒毒，重新做人，製作一些香腸、肉乾等販售；

091

我知道，那個年輕人戒毒成功，要歸功於牧師長期的陪伴，宗教的力量給這家人信心，那一次見證，戒毒中心老師陪著他，說故事、唱歌給大家聽，令人非常感動。

做錯事，付出代價，天經地義，知過能改，善莫大焉。這個社會類似《寒水潭春夢》良山所犯的案件一定不少，可是我們沒有去接觸發掘，如何去找到這些人，我想預防性的舉動很重要，怎麼樣讓青年人不會去接觸到這些毒品，遠離誘惑非常重要。我的弟媳婦曾經介紹我參加至善基金會，他們就是在努力設法找到那些需要幫助的人，我就成了孩子們的「認養人」，定期贊助迷途的羔羊。

在新竹尖石鄉有很多隔代教養學生，父母親外出工作，這些孩子缺乏督促，聯絡簿常有「他祖父」、「他祖母」的簽名，逃學或逃出宿舍更是家常便飯。許多原鄉住民常常因為酗酒，父母無力給予孩子正確良好的教養，加上工作機會少，家庭貧困，導致小孩子缺乏正常飲食，亟待外界伸出援手。幸好至善基金會派一些志工到新竹尖石鄉來陪讀，輔導孩子們各項技能，校長也一個禮拜有一天住在宿舍，幫他們打氣，從此之後，慢慢的這些學生已經不會逃學，學校已達到零中輟的記錄。我認養的兩個學生最近寫封信給我，說他們的學業有進步，我很高興，感覺與有榮焉。

新竹尖石鄉近來常被提及，上了新聞，因為嘉興國小的合唱團最近剛到德國參賽表演拿回許多獎項，也深獲當地人士的喜愛，透過彭校長的臉書，我可以瞭解，當小孩子們的天分被發掘出來的時候，他們對自己的未

來充滿希望。之前我住在竹北，在文化中心聽過泰雅之音，演唱者是一群尖石嘉興小朋友和少年及警察，非常令人感動，校長老師愛唱歌，長期輔導當地少年的老師，書法寫的很好，帶動當地的警察，回饋社會。

　　我喜歡的司馬庫斯也是屬於這樣有願景的一個部落，梅花國小有公車可到達，我曾觀察到一位司機對待這些部落的小孩非常照顧，每天等他們放學，有一個部落的小孩一直沒下車，在竹東換公車到新竹市區，為什麼他還要每天回部落上學呢？我跟司機交談的結果是，因為這個小孩覺得在部落有被尊重的感覺，你可以想像每天要轉三班車才能回到父母身邊的無奈嗎？

　　我認識的女孩，張彤，尖石國中畢業後去建功中學，那是一所可以穿便服的學校，我想那學校一定有特別吸引天性自由的原民小孩的地方。其他一些同學念汽車修理或烘培，將來能夠找到一份工作，對這些孩子來講是很重要的事，像司馬庫斯部落，頭目的孩子能夠從生態系碩士班畢業，回到部落服務，是一個非常好榜樣。

　　家庭教育真的非常重要，我記得以前我教國中的時候，

▲第 25 屆薪傳獎得主劉光桐先生與秀琴歌仔戲團團長。

我老是聞到有菸味，就問其中一個學生，為什麼你身上有菸味？他說，「當我們每天吃完晚餐，我爸爸就開始發菸，一人一支，我就習慣抽菸，我不抽身上也會有菸味。」

我教過的班級也有愛逃課的小孩，有零用錢多愛打電動的、有單親的，後來因為我調職，整個班被拆掉，成績較好的學生同進一個班級，其他學生三三兩兩地被分到不同的班級。我終身遺憾，沒有把這個班級帶到畢業，不過不久之後，有一位學生林光明，寫了一封信給我，信中說出他的感謝，他說「還好老師給他們有這個機會」，我當下以為他說氣話，現在想想可能他是真心。

我家小兒子國一時我把他轉到私立中學，原因是他似乎沉浸在情竇初開的迷戀中，後來發現他上課老是傳紙條，說老師的不是，並沒有如我期望認真讀書，我只好又把他轉回原來國中，進入新的班級，老師督促比較嚴格，最終考上第二志願，之後一路順利。人生當中因緣際會，壞事成就好事，我對帶過的那班學生也這樣子自我安慰，現在要想辦法連絡上當年每個學生，大概他們都已經成家立業了，我要對他們說聲抱歉。

說到就做，我立刻上臉書搜尋到楊振興，他國二時可說是我的助教，常幫忙輔導成績比較差的同學，現在擔任景文科技大學的副教授，我對他一直很有信心，果然發展的不錯。第二個找到的是家中父子皆抽菸的李年悅，他現在任職於新北市救生大隊，未嘗不是我們社會的救命恩人。

我在福和國中任教期間，非常留心低成就學生發展，

分組必安排他們與像楊振興一樣，富有愛心的組長同組。因爲我的理念是祇要找到合適的人同組，相輔相成，一定會有 1+1 的好效果，學會共處，出了社會，適合當老闆的人能找到了合適的人，適合當員工的人也能夠與人合作，每一個人對自己有信心，社會就多了一個有用的人，良山卽是如此，浪子回頭金不換。

▲ 2019 年 7 月南下觀賞秀琴歌仔戲－寒水潭春夢。

輯三 陳昭如

藝界人生加減看

陳昭如，台北人，1972年生於基隆。國立復興劇藝實驗學校畢業，民國八十年以足技專長進入國立臺灣戲曲學院附設綜藝團服務迄今28年，因工作關係有機會旅遊世界增加國際觀，也豐富了個人不平凡的生活，為人生增添許多色彩，並留下美好回憶和記錄。

下半場的加減人生

　　我是昭如，今年 47 歲，復興劇校綜藝科民俗技藝科班出身，專長足技，在表演舞台活躍 30 多年後，目前轉任特技團行政，人生由動轉靜。

　　曾幾何時，我也會靜下心來想想，回憶自己的過去，是怎麼走進這個特別領域？是怎麼堅持到現在的？非常開心參加了寫作課程，雖然要交功課，有壓力，但能讓我可以重新拾筆回憶自己的過去，是不是應該重新思考生命的加減法了。

　　我家有五個小孩，我排行老三，因家境不好，10 歲懵懵懂懂時期，住在內湖的一位伯伯是爸爸的結拜兄弟，伯伯說：「劇校讀書不用錢，吃住都不花錢，還會發制服布鞋跟零用錢，更重要的是復興劇校畢業後可以成為明星。」天底下竟然有這麼好的事？當下的我，只想能幫家裡節省開銷，給爸媽少一點麻煩，於是在伯伯極力慫恿與推薦下，勇敢的報考復興劇校，哥哥也同時考取陸軍官校，從此之後改變了我不平凡的生活。

　　進入劇校後，在學校的嚴格訓練下，無形中培養獨立、自主的個性，經過學校的洗禮，也習得與眾不同的一技之長，從小老師給我們的概念就是把功夫練好就會有飯吃，因此我在劇校的學習過程很辛苦，要下腰劈腿及倒立，每天一把鼻涕一把眼淚的也忍下來，努力拼命學習，就是告訴自己，練功將來就可以賺錢幫助家計，

減輕家庭負擔。

　　很幸運的，我的啟蒙老師陳鳳廷老師與徐來春老師，看我屬吃苦耐勞型，老師教我獨一無二的腳上功夫「蹬人」，全班唯獨我會這功夫，也讓我增加了許多出國機會。民國 76 年，國三第一次出國，就代表國家到東南亞地區訪問僑胞巡迴演出。民國 77 年，高一第二次出國，更遠赴中南美洲巡演。民國 78 年，奉外交部指派到加勒比海各島國巡演拓展國民外交，文化交流訪問。從此開啟了我的國際觀，此時此刻感受到我有著與別人不同的專長，機會是掌握在自己手中，從小吃苦的一切磨練都是值得的。

098

　　為能改善家中經濟，劇校畢業後，我隨即加入復興綜藝團，至今已有 27 年，除了豐富的舞臺表演經驗外，世界各地的演出，也豐富我的不平凡的生活，為我的人生增添許多色彩及豐富的回憶。然而有了國際觀，開始賺錢後，我並不因這些經驗的累積而滿足，我曾經在網路上看過一則短片，給我很大的啟發，影片內

▲戲蝶，民俗技藝的傳統藝術表演豐富了我的人生。

容說：「讀書不是爲了求學歷，是爲了求知識，有了豐富知識後，就會有判斷力。」這讓我感觸很深，高中畢業爲家庭生計進團賺錢，不會動腦，我姊姊曾經說我只是一個「武夫」，現在入學管道多元，就在姊姊建議下，我念在職進修班，一路學習，感受到這句話是多麼的深遠，多麼的貼切。因此更促使我進步的動力，只要我不懂、不會的，我一定會努力的去找答案去學習，不只是專注在眼前的層面，是能將眼光放遠，累積邏輯程式，使我在眾多選擇中，能找到最佳的選擇，做出最好決策。

　　現在社會環境與過去大不相同，功利者多，我年近半百，腰部微創手術後，已經斷捨對舞台魅力的憧憬與追求，現在的我正在找尋我後半段的「加減人生」，我是應該用「加法」繼續追求人生的夢想，還是用「減法」去過簡單更平凡的人生呢？我認眞思考著走下舞台後的人生下半場，我要如何「加加減減」？

▲蹬技表演，是我的專長項目。

一份特別的禮物：一束玫瑰花

　　24 歲，正年輕貌美，對戀愛無限憧憬時，我一心執著地走進愛情的墳墓，走進家庭。現實中沒有粉紅的泡泡與花朵，而是整個家族的生活擔子，生活中填滿了工作、家庭、小孩與掙錢，一天又一天過著機械式生活，日復一日的忙碌著，兩人浪漫世界早已是虛幻空想，更別說過個什麼兩人的特別紀念日了。

　　突然，有一天我那木訥的山東槓子頭先生（愛人），從南部出差回來，在 80 年代南北往返只有巴士、飛機或火車，機票還不算貴，為爭取時間都搭飛機；就在松山機場接機時，看著先生從閘門走出來一手拿著行李一手捧著一束玫瑰花，我大老遠看著這場景，不禁笑了，現在是什麼節日嗎？是送我的嗎？從南部一路捧著玫瑰花北上，哪來這膽子一路這麼招搖？出閘口他開口第一句就說：「這玫瑰花送你！」我哈哈大笑起來，結婚多年，因著經濟壓力，這可是我第一次收到玫瑰花，一份特別的禮物，喜出望外！

　　迨熱情冷卻，我仔細打量著玫瑰花，這份特別的禮物，很奇怪的花束，美麗的花束一般都會附上愛情小語卡片及美麗的彩帶裝飾，但是這花束上什麼都沒有，只有一把大約 10 朵左右的紅色玫瑰花，我腦袋瓜裡浮現更多問號，俗話說無事不登三寶殿，於是微笑的問了我的愛人：「今天是什麼節日，為什麼送我花？」剛毅木訥的劉

導演很認眞的說：「是戲迷送的花囉！」哈哈哈……，原來是演出謝幕戲迷送的花，拿來哄老婆開心，借花獻佛呀。

好吧，雖然是很簡單的一束玫瑰花，務實的我，雖說拿錢比較實在，但心中還是充滿了喜悅，因爲他每次導戲或演出時，都非常受戲迷或演員尊敬，導演較矜持、較拘謹，這貼心的小動作是我不曾見過，這次能夠很勇敢，不畏他人眼光，從台灣尾到台灣頭搭飛機一路上捧著這束玫瑰花，勇氣可嘉，其情可感，這眞是一份特別的禮物啊。

回想婚後，就因爲老公負債，我們長期以來一直過著儉樸生活，粗茶淡飯還債爲先，玫瑰花是不會出現的奢侈品，我也習慣了。時間似流水，經過多年努力，我們早已從拼命掙錢、緊張跑銀行，而逐漸安定，趨向平淡，當然玫瑰花也已早退出我的日常生活很久很久了。

如今，二十年過去，孩子們都已長大，能夠自理生活，日子已經不像過去的戰戰兢兢，我的心路歷程也像玫瑰花一樣，有著不同顏色，不同的含意和體會，我們一同走過風雨，現在雨過天青，可說是撥雲見日了。

婚後很慶幸有小女兒的降臨，這一路走來有貼心的女兒陪伴，她時時刻刻幽默逗趣的話語，常爲我們的生活增添許多樂趣，備覺溫馨。辛苦的日子裡，也因曾有這束玫瑰花而成爲我們日後話家常的趣事，每每提到它，我先生總是無言以對或轉移話題，顧左右而言他。剛毅木訥的他不擅於表面功夫、做浪漫的事，但他總是把我當女兒一樣的寵愛著，從來捨不得我做任何粗活兒，甚

至於洗衣煮飯家事都是他做，他總是叫我去休息，或是去做我自己想做的事，家裡大小事都不用我操煩，也因這樣他上輩子情人(我女兒)經常說:「你把你老婆寵壞了，跟我爭寵!」一份特別的禮物 --- 一束玫瑰花，竟成為女兒挪揄爸爸的趣事，也不時在我們生活中被重提回味著，看來玫瑰花的戰爭，母女爭寵的戲碼，又將無限期在我們家搬演，永遠下不了檔了。

▲一束玫瑰花，一份特別的禮物，謝謝你，我的愛人。

我家的廚神阿嬤

　　沒有省籍情結的我，來自本省大家庭，竟嫁給了一位外省山東第二代，少不更事，心裡就想著，嫁雞隨雞嫁狗隨狗吧。剛結婚，頭一次過年，才驚覺原來夫家的年菜竟然是平常一般的四菜一湯，要給十個人當圍爐年夜飯！相較於娘家我母親做的滿桌滿案豐盛大菜，霎時間我不禁哭泣起來了。

◯ 廚神阿嬤，過年大展身手

　　我是道地的台灣人，媽媽娘家在基隆，爸爸是台北人，因家道中落，日子過得不再富裕。雖然我們住的是公車車廂，父母以洗車勞力維生，平常父母忙碌，我們都以豬油加醬油拌飯果腹，生活過得清儉有味，但是再窮再苦，爸爸都一定會想盡辦法讓家人過個好年，滿漢全席一樣的年夜飯，絕對少不了。因此，我們童年時最喜歡過年。

　　每逢過年家中習俗不能少，初一拜到初五，天天有神明、祖先要拜，要拜公媽、拜土地公、拜灶神、拜祖先，儀式繁多，程序齊全，到現在我還沒分清楚哪個日子要拜哪位神明，該用何種供品與菜色，當然這樣對神明不太有禮貌，幸好這些逢年過節繁雜的祭祀手續，全都由我家「廚神阿嬤」一人包辦，齊齊整整，完備周全得很哪！

　　我的母親廚藝非凡，堪稱「廚神」，她一手張羅所有

103

食材，廚房就是她的魔法屋。市場裡的菜色品類多，我這不懂廚藝的看來，青菜蘿蔔都一個樣，有何差別？怎麼料理？只有一頭霧水，滿臉問號。但是在廚神阿嬤手裡，A+B+C 就能成為一道又一道可口的佳餚名菜。

除夕一大早，媽媽就開始備料，該燉的燉，該熬湯的就熬湯，所有雞鴨魚肉蝦蟹蔬菜配料，有如軍隊操演一般，早已盤點清楚，一一進入備戰位置待命。當我探頭進廚房，一看，還有七、八個大鍋，大骨湯底燉菜頭、鹹菜結腸、長年菜、佛跳牆、紅燒腿庫、五更腸旺、螺肉魷魚蒜湯、各式小炒等等辦桌菜，我家這「年菜大軍」可真驚人，就算來一大桌客人都絕對夠吃，非常壯觀，非常「澎派」，豐盛極了！

● 除夕到初一，如小山的 24 道菜

除夕一整天，媽媽手上的鍋鏟鎮日不停地揮舞著，到了黃昏上菜時，每一道菜上桌，都是直徑 40 公分的大圓盤，端上桌的每道菜都是凸起像座小山丘，像辦桌一樣豐盛，量多味美。除夕祭祖拜拜後的 12 道菜，就堆滿餐桌上，每每全家十口人一同圍爐圍在火鍋旁，每個人都吃得不亦樂乎，直呼過癮。吃不完的年菜就放在桌上，誰餓了、誰路過，就隨手抓著吃。

到了年初一中午，又是新的 12 道菜上桌，媽媽說：「昨天拜的是祖先，初一是拜神明，不能有重複的菜，否則對神明大大不敬。」因此，除夕夜與初一，拜拜後的 24 道大菜，大桌併小桌全擺滿桌上，非常壯觀，令人嘆

為觀止。這過年 24 道大菜，是我從小到大，年年經歷的廚神阿嬤魔法年菜之一般，印象深刻。

夫家過年餃子，藏玄機

但自從嫁到外省家族後，剛嫁過門就過年，在夫家第一次過年，我家過年的熱鬧場景，歷歷在目，對照外省家族的儉樸四菜一湯，完全感受不到絲毫年節氛圍，不用上市場大量採買備料，只有除夕下午開始拌餡包水餃，連水餃皮都是自己發麵、自己擀麵，清儉到家。記得婆婆當時已患有失憶症，但包起餃子來，仍能單手包成肚大像元寶的形狀，熟練俐落的身手，讓我印象深刻，或許婆婆也曾是廚神級人物吧。

包完水餃後要拜祖先，先生家沒有安神龕神桌，拜祖先只是一副掛畫，上面寫有列祖列宗的祖先名諱，供桌上只有簡單的鮮花、水果、饅頭以及三碗水餃，象徵團圓，這就是夫家的年夜飯了。此時此刻的我，望著這光景馬上掉淚，為什麼只有四菜一湯，如此家常菜的簡單菜色，怎叫過年？跟我娘家有著大壤之別的過年氛圍差異甚大。後來我才明白，原來傳說中「灰姑娘變換時間」才是我先生家的除夕夜重頭戲：十二點鐘響的【水餃宴】，四、五百顆五彩繽紛的水餃，一上桌，大家搶著吃，吃到有包錢的水餃，象徵一整年會好運旺旺來，還可以領紅包，水餃裡藏著好運，這就是外省家族過年的趣味，玄機就藏在餃子裡頭。

但到了初二回娘家，我興奮的立馬開吃，狼吞虎嚥，把我先生嚇壞了，走進廚房，更瞪大眼睛，看著我們一

家人嘰嘰喳喳的聚在一起邊吃邊聊，這一份幸福感，是我永遠忘不了的過年最美好的滋味啊。遺憾的是，現在爸爸不在了，姊妹們一個個出嫁，家裡人數越來越少，媽媽也聽了我們的勸，準備食材量也減少了，改走現代「小而美」的精緻路線，既可當餐食畢健康吃，還可減少浪費，養成節約美德。

○ 廚神阿嬤的售後服務，真周到

「世上只有媽媽好，有媽的孩子是個寶」，這經典歌曲，唱出了母愛包容的無極限。當我們小時候，媽媽操心的總是家中的柴、米、油、鹽、醬、醋、茶，孩子三餐可溫飽？在學校是否平安？學習可還適應？當我們都結婚生子後，媽媽依然擔心我們過得好不好，幸不幸福？每當我們回家吃飯，媽媽都不吝嗇，總會多煮一些菜讓我帶回家。媽媽對兒女的包容與愛，就像遼闊無邊際的大海，無極限。不知道這「售後服務」可是做母親的天職？

我的媽媽，廚神阿嬤，最厲害的「售後服務」，是出現在半年前，姊姊回娘家調養身體時。那時候，姊姊的婆婆，親家母中風住院，姊夫為了將居住空間重新裝修成無障礙空間，好讓親家母回家有個安全的行動空間，也方便照顧。因此，在房子裝修期間，姊姊就先搬回家與媽媽、妹妹同住，互相有個照應。

由於姊姊有類風濕性關節炎，這慢性病需要長期調養，飲食更得特別注意，需以清淡為主。媽媽在姊姊回娘家的這段時間裡，所有料理都是少油、少鹽，不是用

水煮，就是用蒸的，但菜色依然不減廚神氣勢，照樣發揮得淋漓盡致，如破朴子蒸高麗菜、樹籽番茄蒸魚、水煮茄子、涼拌山藥等等，還有許許多多都是我叫不出名字、幾乎不會煮、卻又流口水的佳餚美味。廚神阿嬤配合姊姊清淡的需求，卻又不失食物的色、香、味以及視覺的用心，實在了不起！重點是這變化無窮的菜色，可不是三天兩天而已，而是長長的一段調養期，並且是日日三餐不間斷。廚神阿嬤的愛，永不止息。

　　總之，媽媽的手藝對我來說已經是不可能的任務，無論怎麼過年，拜拜的習俗絕對不馬虎，年菜也都技巧性處理，絕對是心誠敬神，從不偷懶，我曾經思索多年，祭祖的習俗程序是有其必要，或許這就是長輩的堅持吧。但真正令我感覺震撼的，是媽媽對孩子永無止盡的呵護與照顧，媽媽就用她的魔法廚神絕技，葷素皆可，濃淡不拘的拿手菜，充分展現母親無盡的愛。

107

▲我的大家庭，可愛的家人。

前世情人，女兒與我

　　大家都說：「女兒是前世情人。」這句話一點都沒錯，自從女兒出生後，爲原本一屋子父兄三個山東大漢、滿滿的陽剛氣息，頓時增添許多柔性氛圍，帶來無限溫馨，女兒的笑靨歡顏可以融化一切的鬱壘，這豈止是前世情人？應該是三世情緣，早就愛到骨子裡去了吧。

　　我女兒品莉，小名「靚妹」，由於父親是傳統戲曲導演，而我則從事雜技表演藝術工作，女兒算是出身戲曲家庭了。從小，靚妹陪伴著我們一起南征北討下鄉表演，耳濡目染之下，很自然地，文化表演藝術已成爲她生活的一部份，興味盎然。現在已經上大學的靚妹，曾經很風趣的說，從小我們帶她出去玩的次數，用五根手指頭數都還綽綽有餘；不過，帶她跟著巡迴演出，到處跑的次數，大概用上全家人的手指頭、腳趾頭加在一起也不夠用！正因爲從小跟著爸媽在舞台邊長大，表演看多了，現在靚妹對任何形式的演出都很喜歡，無論是到戲院看電影、在網上追劇、或進劇場觀賞舞台戲劇，不分傳統戲曲、現代戲劇，任何題材，任何新鮮的創作，她都非常有興趣，滿腦子都是新奇想法與鬼點子，是個酷愛藝術的孩子。

　　做父母的，總是望子成龍望女成鳳，要孩子十八般武藝樣樣精通，要孩子出類拔萃，要孩子比爸媽還要強。但我總希望自己不會像一般父母一樣，把一堆期望與壓

力全加到孩子身上，我只期盼她快樂學習，健康長大，這就足夠了。在我們的眼裡，女兒品莉是個樂天派，性格開朗、活潑，憂愁與煩惱絕對不會在她身上看到；她也是我們夫妻倆的小開心果，總是會在關鍵時刻妙語如珠地說出關鍵話語，逗得我們哄堂大笑，確實是個快樂天使。

小時候，我們曾安排女兒學鋼琴、學舞蹈，培養氣質、陶冶心性。剛開始，她對舞蹈非常有興趣，經常跟著我們在學校排練、演出時，她會在台下跟著我們翻跟斗、倒立、跳舞，有模有樣的模仿，樂在其中。但是，學鋼琴就完全被她打敗了，學習鋼琴必須要能靜下心來，每次彈琴一、兩小時，剛開始好玩，跟著節奏，動動手

109

▲母女爭寵，前世情人與今生情人，都是愛人。

指，點點頭，可愛至極了；但是彈著彈著，想要熟能生巧，就必須每天花時間勤練，當練習鋼琴成為每天的必做功課時，她就一把鼻涕、一把眼淚的抗拒，爸爸疼愛女兒，總是希望她快快樂樂成長就好，要我別強逼她，最後只學琴三個月！後來因課後輔導的安親班作業也很多，管教也嚴謹，每天都須留班輔導到晚上八點才能回家，實在也無暇顧及其他，最後也結束了舞蹈課。所以女兒也就順其自然，快樂地學著玩著，自由自在健康長大了。

由於我們夫妻工作性質特殊，一般人假日是休息的家庭日，但我們卻越到假日工作越忙碌，幾乎沒什麼時間可以陪伴孩子；所以我們盡量找勤管嚴教的學校，安排女兒就讀，因此女兒國中就進入達人女中，很幸運的，被分配到一位很嚴謹的導師班上，老師除了教學認真，也很重視生活常規與品德陶冶，天天叮嚀孩子獨立自主和生活管理，所以在國中時期女兒奠定良好的生活規範，自制力強，也養成獨立自主的個性，青少年常見的叛逆從來沒有在她身上發生過，她也從來不曾讓我們操心過，真謝謝學校，謝謝老師，也謝謝女兒啊。

女兒稍稍長大，每當我們要關心她、想詢問的時候，她總是說：「不要問，我會自己處理，我自己有規劃，不用擔心。」或許孩子真是長大了，不用我們操心。但是，當她國中畢業前，準備直升高中部或報考其他高中時，她卻告訴我們，她「一定要離開達人女子監獄」！用「女子監獄」來形容學校，聽她一說，我不禁冒起冷汗，擔心她是否受到什麼委屈？害怕她會出什麼怪招？瞭解她的老

爸卻笑說：一切尊重她的決定吧。年輕人的語言，說說罷了。

　　確實，從國中養成的獨立個性，女兒求學之路一路上都沒讓我們擔心的，也沒出過岔子，沒誤入歧途。她爸爸與她相處的模式，都是「寓教於樂」，從遊戲中、用引導的方式、以尊重她的想法和態度，施行愛的教育；所以我看他們父女倆，感情特好，真是「沒大沒小」，彷如「前世情人」今生再相遇！樂觀又幽默的女兒總是在最關鍵的時刻冒出一、兩句經典的關鍵語詞，有些令人啼笑皆非，又有些頗富哲理，值得玩味。例如她說：「要錢找媽媽，娛樂要找爸爸！」和我們一同出去時，看到不認識的長輩，女兒就會用「尷尬又不失禮貌的微笑」與大人們應酬應酬。當太太與女兒難以抉擇時，女兒會對她爸爸說：「我是前世，她是今生！總有個先來後到吧。」母女爭寵，女兒更勝一籌，聽起來又好氣又好笑，我可也感受到前世情敵的威力強大了。

　　女兒長大後，現在我們倆的關係就像朋友，又像姊妹，一點都不像母女；因為她爸爸徹底施行「愛的教育」，所以親子之間關係緊密，沒有威權，更無對立；在家中女兒有時還是裁判員、調合劑、緩衝器、監督員呢。每當我們夫妻有矛盾時，女兒都說她是「中立國」，「要我們好好說話」。女兒也時時刻刻監督她老爸，每天控管血壓、血糖的指數，若指數跟股票的曲線圖一樣，上下起伏、幅度過大時，還會追問飲食如何，管控老爸身體狀況，監督認真，做老婆的我說什麼都是嘮叨，女兒說的叮嚀

111

▲我可愛的女兒，小時候學舞獅。

▲母女一起扮小丑。

算是關心。想想有女兒管著老爸,這也是好事,至少可以減少夫妻間的磨擦,促進和諧。

女兒越長大,變得越不愛出門,大部分時間有空就待在家裡追劇,當宅女。她還很風趣,一會兒床上躺著、一會兒沙發上躺著,一會兒自己房間躺著、一會兒到我房間躺著,不同地方輪著打滾兒,說自己是「爛泥」!哈哈,一團爛泥四處滾著,我真的很好奇她的腦袋瓜兒這即時反應是怎麼生成的?

但是我家這團「爛泥」面對問題、處理事情的態度,可是很有原則,剛正不阿的山東妞兒「硬」得很。她的責任感和內控力都很強,凡是已經說過、商量討論好的事情,絕對不能反悔或更動,否則她會當糾察隊,說:「你們大人都說話不算話!」己所不欲,勿施於人。所以她嚴以律己,管理好自己,也要求爸媽守信、守法、守分,我心裡暗喜女兒繼承了她老爸「剛正不阿」的正直性格,我們一定要以身作則,做好言教與身教。

總之,吾家有女初長成,我們萬般呵護,就希望女兒能文、能武,「文」能讀書寫作、能有愛心、能辨是非,「武」能洗衣做飯、能有謀生技能、能貢獻社會⋯⋯,啊,期待太多了,只要健康活潑地成長,快樂幸福就好!

113

我心目中的桃花源

在樂齡寫作課中，王老師曾分享書中文章〈桃花源〉，我想每個人心中都有自己夢想的「桃花源」，一個快樂天堂，生命中的理想世界吧。

我想起了 2006 年時，老公(劉光桐)受明華園的邀請，與表演工作坊合作重演《暗戀桃花源二十周年版》經典劇作，老公執導的是明華園歌仔戲演出的《桃花源》部份。在《桃花源》戲齣中，我印象非常深刻的一句經典台詞是：「放輕鬆、放輕鬆、放輕鬆！」咱家導演在劇中也安插了一個角色「問心」，象徵著心中那片「空缺」的掙扎。此時此刻的我，真正要問問自己：我心中那個《桃花源》是什麼？是一個風景如畫、環境清幽的地方？還是一個沒有壓力的簡單平凡生活？或者只是可以放空、放鬆又自在的家？抑或是一個曾經駐足難忘的美麗國度？思前想後，我一定要為自己尋找心中的靜謐之地，桃花源。

因有著一身的特殊技藝，我從國中三年級開始，很幸運的，每次有出國演出機會時，我幾乎篤定是口袋名單之一，出國表演成了家常便飯。這一趟又一趟的出國巡演，也隨之開啓了我的國際觀，有機會到世界各地宣慰僑胞，增進國民外交，促進文化交流，演出足跡遍佈亞洲、歐洲、南非、北美洲、中南美洲、大洋洲、加勒比海等區域，也藉由工作餘暇，到處旅行，為自己增加生命的厚度，開拓視野。

114

▲我心目中的桃花源，簡單又平凡的愛。

　　巡演中，我看見了中南美洲貧窮邦交國，如海地，國家資源不足，一天電力供應只有幾小時，小朋友到處乞討維生；中庸一點的國家如亞洲國家，除了新加坡是已開發國家，人文素養與建設都很進步，其他如泰國、菲律濱、柬埔寨、印尼、越南等，人民生活貧富差距很大，比起台灣人的素養與生活，真還有一段差距。比較先進國家如北美、南美、歐洲等人文素養屬於高層次，讓我印象最深刻的應該是「瑞士」。

　　在求學時期所認知的「瑞士」，一直是和平和諧的中立國，很少聽到有社會動盪的新聞訊息，更是一個風景優美，湖光山色，綠意盎然的國家，人民生活節奏步調緩慢，悠然自得，簡直是神仙國度了。當時我真的超級喜歡這樣的環境，每個小地方、每個視角，都非常美麗，有如畫卷，非常美。但當時到瑞士是宣慰僑胞的演出，行程緊湊，第一天抵達彩排，第二天演出，第三天就離開瑞士了，只能利用片刻的時間走馬看花，但直到現在，瑞士美麗的景色印象依然深植我腦海中。

　　去過瑞士，我愛上了那份悠然自在；可惜的是，自從那匆匆造訪之後，我為了生活，便努力賺錢，拼命攢錢還債，甚麼都不敢想，每天就是衝、衝、衝，沒日沒夜的不敢停下腳步，不曾好好思考生活的定義為何。直到開始上樂齡寫作課程後，在老師的指引中，在課堂上與姊姊們從文章中分享，慢慢了解到，人不一定要追求貴族般的生活，要有健康的身體，要過簡單平凡的生活，我們不只是要學會放鬆，還要會「放空」，無壓力的過日

116

子。回想以前在瑞士演出時，就能體會當時身處瑞士的環境中，那心情原來就是這個感覺，「放空」的無壓力感！

　　平凡人有平凡自然的幸福，凡事心存知足，世間萬物皆可空，便會感知到幸福的存在。而現在的我，家庭幸福美滿，是該用生命的「減法」哲學，只要留下「必需和必要」，可以去除「想要和不必要」的包袱；想想我能夠走遍世界，工作兼旅行，就已經很幸福了。每個人心中的「桃花源」並不都是虛幻的，為自己的生活找一個平衡點，原來我尋尋覓覓期盼的「貴婦生活」以及我心中的「桃花源」就是：平凡、簡單、幸福、快樂。

117

▲三個人愛在一起的世界。

我要成為哪樣人？貴婦！

　　攬鏡自照，我長這麼大，都結婚當媽二十多年了，可卻從來沒有認真想過：我要成為哪樣人？由於自幼家境貧寒，我打小就進劇校習藝，以謀將來有條生路，因此，從小我只知道把書念好，把技藝學好，把自己份內事認真做好做滿，未來才有出路，不必枯坐冥想、也無暇他顧，以後我要成為哪樣人？當自己能力不足、努力不夠、表現不佳時，就趕緊去找資源加倍學習，以解除眼前困境，免得無以為繼，沒飯可吃了。就這樣，學習、演出，學習、演出，我就像陀螺一樣，一直不停旋轉著，轉呀轉的，沒有停止過，忙忙碌碌地一天又一天、一年又一年的過日子。我是誰？我是個哪樣人？不就是一個單純的、平凡的民俗藝術足技表演者嗎？

　　直到現在，從綜藝科學生到綜藝團團員，足技專長表演者的身份，30多年不曾改變，也毋庸置疑；直到今年(2019)年初，我從舞台退下，轉任行政工作，開始撰寫企劃、協調演出、跟團盯場，不再上場表演了！原以為現在我終於有自己的時間，可以思考：我可以成為哪樣人？萬萬沒想到，假日裡我上裁縫課，接著又準備上研究所進修，時間又馬上被填得滿滿的，生活幾無空隙，就只剩下一個字，那就是「忙」。我不禁在心中吶喊著：「我要當廢人！我要當廢人！」我就是想耍廢，我好想好想要當一名「貴婦」！做個悠閒自在、什麼事兒也不用做的「貴婦」！

　　回想我 24 歲走進婚姻，走進家庭，當時經濟負擔沈重，我沒有太多的選擇，也沒有太大的目標與夢想，每天就是為房貸、跑銀行、為生活忙碌、為照顧小孩教育而奔忙，有如蝸牛揹著重重的殼，一步一步匍匐前行，一刻也不能鬆懈。歲月像一座沙漏，一點一滴的流逝累積，我不知道當夢想達成的那一天，我是否也如沙漏裡的沙會愈堆愈高呢？或者，時間所帶給我的是成長，讓我看清楚所謂的夢想，就是永遠也達成不了的願望，所以才會稱為夢想呢？

　　好些年，我馬不停蹄跑著，努力成長、攢錢、還債，雖說家中經濟逐漸好轉，壓力稍減；但對我而言，其實並無多少改變，我還是像陀螺一樣照樣旋轉著，忙裏偷閒時，常逛菜市場，看見市場裡的特價商品，我總是流連眷顧，總希望把最好的留給女兒跟老公，從未奢求讓自己穿得華麗一點，高貴一點。每回回娘家，見到姊妹時，他們總提醒我，要多為自己打點一下裝扮，姊妹們常常難掩不屑的語氣說：「你是師母呢，要注意形象。」一個人在外走跳，「人看衣裝、佛看金裝」，給人第一眼的外在形象很重要，這一點我能體會；但我總有千百個理由求饒辯解，希望姊妹們不要把焦點放在我身上，其實我的重心都在女兒身上，我衷心期盼著，女兒和家人可以過得更好，幸福的重點與我的穿著關係實在不大。

　　雖然生活苦盡甘來，家事已不用我太過操心，但在職場上，我仍有夢想，仍不放棄。自 10 歲入校，我吃盡了苦頭，學會了一技之長；到 20 歲進入綜藝團，辛苦的

技藝，別人不練的，我總是努力去練成，把吃苦當吃補。但隨著年齡的增長，身體的變化，就在應美國哥倫比亞公司邀請赴美國巡迴三個月演出期間，演出工作過度疲勞，造成右膝前後韌帶都斷裂，但因合約限制，執行巡演任務無法中斷，我只有咬牙硬撐，待任務完成才進行手術治療。多年後，又因長期的職業傷害，我在一個「頂人」技巧「頭頂上站人」動作時，導致頸椎三、四節與五、六節之間脊椎磨損變形，壓迫神經，不開刀就必須不停的復健再復健，但都只治標不治本。後來又因脊椎第五節滑脫，釘上了 4 根鋼釘固定，嚴重的職業傷害，迫使我不能繼續在舞台上展現自信亮麗的風采，我只得走入幕後，支援行政工作，期待有機會再度風光。

今年（2019）初，我團臺灣特技團，在士林區國立臺灣戲曲中心的小表演廳，推出睽違已久的指標性劇場售票演出，《豬咪姑娘招親賽》，這售票演出一直是我團望之怯步的工作，由於我們沒有明星，沒有粉絲，卻有票房壓力，怎麼辦？而我只是個團員，本職專長為演員，只因受傷暫轉幕後支援行政工作，沒得選擇，指派的工作就必須使命必達、完成任務，於是我成了這齣新戲的「執行製作」，從校內行政跑公文流程，到校外劇目創作群的溝通聯繫、宣傳、行銷、售票，乃至稅捐機關的免稅申請，鋪天蓋地的事項接踵而來，團裡行政人員不足，全由我一人單挑負責。大家都很擔憂票房重挫的噩夢再次上演，很幸運的，我有許多貴人協助，校外業界有經驗的好友們都站出來相挺協助，團裡相知相惜的同事也都努力支持，就在國立臺灣戲曲中心朝夕講堂宣傳活動時，

也有知名的影歌星御用舞蹈老師藍波老師鼎力相助，擔任引言人嘉賓，再次替我團製造不少話題提升新聞能見度。經過一波一波的宣傳，我們抱定「不成功便成仁」的決心，絕不放棄任何一個能推票的機會，皇天不負苦心人，三天的票全部銷售一空！哇哈哈，真的喜出望外，我真的辦到了，很高興再次鼓舞了臺灣特技團的士氣。

短暫的高興很快地就被繁重的核銷成果報告業務給沖淡了，繁瑣的行政工作終需面對，我很勇敢的不恥下問，不會的就一而再、再而三地請教，當然時常碰一鼻子灰，繁重壓力使我回到家就是吃、洗、睡，很早就上床臥眠。雖然以前是演員、現在改行暫時支援行政，但我還是能自得其樂，找到進入劇校時最初單純的快樂，把自己份內事認真做好做滿，未來才有出路！目前最厭煩的，就是人與人之間都不能好好說話，好好相處嗎？這是我最厭煩、最不解的事。隨著年齡越來越增長，越覺得生活自在，沒有壓力的過日子，簡單生活或許才是我夢寐以求的最大想望。

我要追求簡單生活，我要清閒自在，我不想再忙，我要成為哪樣人？終於想通了，我要清閒在家，相夫教女，照顧老公跟女兒，我要吃飯睡覺，我要洗衣做飯……。算了，洗衣是我老公的事，他洗衣、曬衣、摺衣、烘衣，都有一定的順序與自訂規矩，誰干擾了就挨罵，其實那也是他導戲找靈感的地方，算了。做飯，女兒總是嫌我做的老是那幾樣，味道一樣，沒創意，做了還被嫌棄，也算了。洗衣做飯，這個不行、那個也不行，

121

我要當貴婦！總有一天我會當上 --- 貴婦！我在哭喊嘶吼中大叫：「我～要～當～貴婦！」老媽終於說了幽默話：「你從 24 歲就當貴婦了，你老公叫劉同貴，你是他老婆，不早就是『貴婦』了？」

122

◀想像中的貴婦生活。

▶實際生活中的貴婦。

我見我思，山東探親隨行有感

　　這暑假，七月十日出發，我陪老公劉家一家人終於一起回大陸山東探親。這一趟省親之旅已經討論好多年，卻遲遲未能成行，從大伯退休前就一直叨唸著要組團回山東老家看看，因為他小時候經常聽父親提起山東老家的人、事、物及美食，年事愈長，回老家尋根的意念愈是強烈。總算籌劃近一年的《山東探親團 7/10-7/17》終於成行了。原先我根本不想去，因為十幾年前到大陸參加吳橋雜技比賽時，曾被當地廁所沒門，和隨地吐談的陋習，真正嚇到了，大陸的人文素養與衛生環境讓我一聽到要到內地就卻步；但老公希望我能同行，他利用我的慈悲心，威脅我，這團一行人全都六十歲以上，你不一起去照顧大家嗎？於是我答應一起同行，成了隨團小秘書。

　　這團除了我和先生，還有大伯、大姑夫妻、小姑夫妻，還有姐夫的兩兄弟，及他們三位公子，一共十二位，組成一個山東探親團。女兒長大了，很貼心，送我們到桃園機場，一直要我好好照顧爸爸，看到現場都是長輩，除了沒有經驗的三位年輕人，只有我算是最有活力的青壯年，因此這趟探親旅遊，我順理成章成了隨隊秘書，不只照顧老公，還要關懷另外八位長輩，服務年長團員之外，還兼任康樂，負責娛樂逗笑，討大家歡心。

　　我們規劃的是旅遊探親團，真正的重頭戲「探親日」

123

安排在行程最後兩天。啓程第一站來到徐州，我們一路從徐州、台兒莊古城、泰安五嶽泰山、青島啤酒、八大關，最後來到了山東沂水的老家。這一路老公一再叮嚀旅行社，一定要安排大家吃好、睡好，行程不要太趕，每一定點住宿最少也要有四星以上的飯店。一路吃的都是山東家鄉味，眞正符合老公與長輩們口味，大家吃得津津有味，有道地山東饅頭，還有大伯他們小時候常吃的主食「煎餅」，這是非常有特色的特產，台灣沒有生產山東薄餅，加豆瓣醬、夾撒子、捲大蔥，用力撕扯才能咬下來，看著長輩們爭食「煎餅」，眞有那麼可口嗎？我不禁好奇的問：「好吃嗎？」長輩說，這是他們在台灣，小時候跟著父母常吃的味道，後來在台灣沒市場，就不再賣了，自然也沒機會吃了。因此吃「煎餅」，是長輩們小時候的回憶，其實也蘊含著長輩們小時候與父母互動的記憶，以及對父母的深深思念。

　　此行每天的旅遊景點與餐廳不同，菜色也不同，唯獨有幾樣菜是不會更換的，就是「煎餅」、「辣子雞丁」，還有「山東大饅頭」。身爲台灣本省人，我向來極爲挑食，但我最愛山東大饅頭，眞正純手工製作的饅頭，麵紮實，不脹胃，好吃極了；在台灣都是機械化製作，饅頭嚼起來都空空洞洞、軟趴趴的，感覺製作工法差別很大。所以這一趟的山東美食，餐餐美味佳餚，我這本土台灣人，並沒有什麼特別心情及家鄉味的回味，但對老公及長輩們來說，卻是吃著家鄉味兒，想著魂牽夢縈的故鄉，父母親的老家，爺爺奶奶姑姨叔舅所在的故鄉，親人近在咫尺，相見在卽，近鄉情怯，百感交集啊。

　　旅遊時間過得很快，已經來到了這趟旅遊的重頭戲「探親日」。前一天，老公及姊夫急忙聯繫在大陸內地的親戚，通知他們我們已到來；一大早驅車離家鄉沂水越來越近，我坐在巴士的最後一排，就看見前座的長輩們一片寂靜，不像平常路途中有說有笑的輕鬆愉快，六七十年一生素未謀面的至親，即將相見，像是心情沉重的等待，又像興奮感動的期盼，很難捉摸形容長輩們當時的心情。

　　在車子進入山東沂水後，老公立馬請導遊協助，撥電話給劉家親戚，原訂先進飯店休息，隔天再探親，但是劉家姑姑的聯繫代表是甥女「莊杰」，他們已經迫不及待想見面了；在與司機大哥導遊溝通後，改變計劃，直接由小杰帶路，巴士直接開往姑姑家探望姑姑。老公一下車就快步上前去認親，我一路跟隨，誰也不認識，就充當攝影師拍照錄影紀錄。我是最後一個進屋，我前面走著的是我小姑，她一進屋看見年長的就抱頭痛哭，我原先心裡想，素未謀面的人第一次見面，真的會哭嗎？心中充滿了疑問，但是，真的！千真萬確，他們一個個緊緊相擁，放聲嚎啕大哭。

　　一世相隔初相見，我感觸雖然沒有很深，但是見到老公、大伯、大姑及小姑喜極而泣的場景也頗感動，眼淚不禁在眼眶裡打轉。進屋經過一番介紹後，原來小姑抱著哭的那位是表嫂（劉家姑姑兒子、表哥的老婆，她是劉家姑姑的媳婦，莊杰是她的女兒），原來劉家的姑姑現已高齡90了，住在後巷，氣氛雖然有點悲傷又有些溫馨，

還夾帶著些許高興與欣慰，親人就是親人，真的印證了他們的家鄉話「老鄉見老鄉，兩眼淚汪汪」！

客廳裡劉家認親鬧哄哄，姐夫家李家的人就在外面等候，似乎沒有什麼感動的氣氛，但他們很配合，靜靜的觀察農村生活的生態。客廳裡唯一紅著眼眶的年輕人，就是小杰甥女兒，原來早年我先生的三叔回鄉探親時，他對小杰很好，小杰很懷念而感動。當三叔與姑姑用平版電腦越洋視訊時，兩個八九十的耄耋姊弟，隔海相聞問，一問一答頻拭淚，涕泗縱橫，淚水遠比話語還多許多，連那旁觀的晚輩也都淚漣漣，我便順勢到門外走走看看了。

126

農村生活真的比較簡單，止不住好奇心，我四處看看，哇！到現在他們還在燒樹枝、燒煤球，好復古。再看看旁邊，哎呀呀，黃土地裡上廁所，就是兩塊磚跟一把鏟子，我的天哪！他們說，腳踩磚塊、蹲著就地解決，然後自行剷土掩蓋即可。我看不遠處，還有雞隻正在覓食啄土，我的噩夢又回來了，忍不住端出女兒常說的「尷尬又不失禮貌的微笑」，繼續記錄，我真怕自己此時會內急失控。年輕人看到這情景，也都直搖頭，都說要忍到回飯店再解放。

這一天的第一場沂水探親，經過既興奮又感動的場景，大家像是完成重大心願一般，驅車回到飯店，期待第二場「探親日」。隔天第二場「探親日」，上午的行程安排兩家岳家探親，劉家母親與姐夫家母親是同一個村莊，巴士穿過小巷弄停在廟埕前，許多人家好奇紛紛出來看

著我們；先上前來迎接的是姊夫母親的家人，隨後劉家母親的趙家也前來迎接。這次哭的比較少，出現的都是第三、第四代的家人，感覺上就比較沒有與老人家血濃於水的情感維繫著。

　　我婆婆這邊只剩下一位四姨（婆婆的親妹妹），他們的對話都是很有土味的山東話，我一個字也聽不懂，就在一旁與家人記錄婆婆家的親屬，建立資料，建立溝通管道。生長在台灣的我，始終在思考著，我很疑惑，六十年從沒見過面的親人，為何會哭成這樣？我不太能理解。看著團聚的氣氛，親友逐漸的增加，我也融入團聚的氣氛中，漸漸感受到親人的熱情與溫暖，對於長輩們的感情，我感受到父母對當時戰亂分離，在老公他們小時候的叮嚀，骨肉至親的隔絕，深厚的感情與深刻的思念，這是兩岸之間的時代悲劇，無限辛酸與無奈。

127

　　此行收穫不少，看到許多地大物博的景觀，見識到文化深厚底蘊與典故，也親眼目睹親人與親人之間血濃於水的親情，真的不必懷疑。但我還是懷疑，不是說山東人都是人高馬大的大個子嗎？這一趟卻沒有看到大個子的山東人，也沒看到每家都吃大饅頭，反而都是吃煎餅，跟想像中不一樣。

　　暑假女兒也到上海遊學，她先返台，到桃園機場接我們，我把這一路上的趣聞及兩塊磚的廁所故事告訴她，她的反應一如年輕人，無關己事。我見我思，世代不同，所經歷的社會環境也不同，年輕人似乎體會不到上一代人的感受與經歷，尤其父祖輩的顛沛流離，戰亂與苦難，

實難想像，今昔對比強烈，不經寒風雪、那知徹骨寒？我有幸隨團歸來，看到三個世代的際遇與變遷，唯親情永不變，更覺得能與家人相聚相守，一定要珍惜，再珍惜。

128

▲ 2019 年 7 月到山東探親，
見證血濃於水的親情真愛。

◀ 家庭旅遊，愛的凝聚。

輯四 程虹文

認真生活留住愛

程虹文，祖籍河北定興，1958 年生於台北，東吳大學法律系畢業，曾於法政研究機構服務十七年，安親課輔班九年，現今以感恩惜緣快樂心，寫出美好留住愛的心情，開始寫作，從寫作中找到新的生命力，有再活一次的感覺。

樂齡寫作，找回自我

　　我叫程虹文，不知不覺今年竟已滿六十一了，以前很少沈澱自己、自我審視，只覺得滿腦子思緒紛雜、溢滿胸懷，沒有好好理理自己的想法；第一次來到寫作班，體會到有機會「讓自己再活一次」的感覺真好！

　　現年九十三高齡的老父親，軍人出身，父母生養我們五姊妹，十分不容易。一甲子以來，台北就是我的生活圈，生於斯、長於斯，也成家立業都在於斯。一路從松山國小、內湖國中、北一女中、到東吳大學法律系畢業，而後順利進入職場，和律師、教授、學者們一起工作，推廣法律服務、舉辦法學研討會；原以為沒有意外的，就要這樣在法政研究機構終老一生了。但在二十年前，我因心繫兒子的教育，轉任安親班課輔老師，才有了事業的第二春。

　　回顧過去自己走過的歲月，我非常感恩在人生道路上有雙親、姊妹和先生的呵護與照顧，還有一對兒女的親密陪伴，更慶幸有師長、同學、朋友、同事、公婆和鄰居的提攜、體諒與幫助，才讓我能夠享有平淡、安穩又無憂無慮的人生。

　　我的個性平靜、被動、隨和而無爭，總是能夠盡本分、隨遇而安；但又崇尚自由，喜愛遊山玩水、唱歌、聽音樂、看表演；也愛接觸人群，會主動與人互動、尋求協助。所以當我在教育子女遭遇瓶頸時，得到「父母成長班」和「靜思語教學」的啟發和許多幫助；當我眼睛看不

見，求醫不得時，也是透過榮總義工和護理師的幫助，才掛到號，保住了視力。這些點點滴滴，受惠於人，讓向來知足的我，更覺滿懷感恩。

目前我因眼疾提早退休，先生仍在中華電信任職，兒子服務於宏華國際，女兒是華江高中英文老師，所以我成了家中唯一的「自由人」，有較多的時間可以照顧自己和雙親及姊妹，可以細細品味人生，輕鬆過日子。

生活輕鬆、知足常樂的我，總是記得快樂的事，傷心、痛苦、失落的事很快就忘掉。「無愧於心」是我的座右銘，「放慢腳步，照顧好自己、善待家人、學習成長」，是我退休後的生活目標，我真心希望歲月帶來的不是病痛與衰退，而是享受、智慧和成長！我希望能夠在「樂齡寫作趣」班上記錄下我現階段的心情故事。

131

▲ 2019 年 6 月於西門商圈愛麗絲夢遊仙境西餐廳寫作。

▼ 2019 年 9 月游藝於信義商圈貴婦百貨。

功成身退的聖誕襪

　　說到禮物，每一個人一定都有許許多多、說不完道不盡、懷念不已的記憶與感動。我印象最深刻，像鑽石般璀璨耀眼的貴重禮物，一是在我升國中時，爸爸帶我去衡陽街名氣最大的慎昌鐘錶行，讓我自己挑選一隻喜歡的手錶，那是爸爸對女兒的無限寵愛，一份昂貴大禮！我一直記在心上，難以忘懷。另一份難忘的禮物，是媽媽用舊材料縫製而成的聖誕襪，平凡無奇，現在早已功成身退，但它卻影響我至深且遠，那才真是一份真正特別的禮物啊。

　　媽媽的聖誕襪是用舊材料縫製而成，毫不起眼，卻人如其襪，平淡中更見其偉大，更是珍貴。記憶所及，媽媽是個無敵女超人，我結婚前幾乎沒有做過家事，婚後為人妻、為人媳、為人母，遇到種種難題時，我總是打電話找媽媽，幾乎每個假日都帶子女回娘家叨擾她。媽媽就像是「美女與野獸」童話故事裡的女主角貝兒，有理想、有才華，貌美如花，不甘屈服於世俗的眼光；她無師自通，從十九歲結婚後，舉凡煮飯、洗衣、居家裝潢修繕、生養小孩等等都不求人。她堅強能幹，所有的家事一肩扛起。

　　記得童年時，母親會在家裏放音樂、繡花、做女兒們的漂亮衣裳，唱作俱佳地說許許多多的童話故事、西遊記等給我們聽，還會克服經濟上的拮据，說服爸爸帶

全家人到內湖樂群戲院看電影，到圓山動物園郊遊，還遠征南寮海水浴場與台中梨山等地旅遊，讓我們享受到快樂的童年生活，留下許多美好的回憶，滋潤我的心靈，豐富我的人生。在我婚後，媽媽為我著想，叮囑我不要因為生小孩而放棄自己的工作，她勉為其難地幫我帶小孩，她的辛苦與恩情我永遠報答不完。也因為她的鼓舞，我努力的呵護著我自己一家四口的小家庭，希望能夠好好教養兒女，陪伴孩子長大。

　由於媽媽就是我的榜樣，所以我決心要讓自己的兒女也有快樂的童年，總是在各種不同的節日裡，藉機吃喝玩樂一番，製造歡樂；尤其是在繽紛燦爛聖誕樹、歡樂悅耳聖誕歌聲處處飄的日子裡，一定要送出最驚喜的禮物給我的寶貝兒女。二話不說，我又回娘家找媽媽，說我想要一隻聖誕襪，掛在門上，在每一年的平安夜裡放禮物給我的小孩。

133

　此時的媽媽已年過半百，仍會織針線、縫繡的功夫，但成品已大不如前，她很沒信心的拿出一個自己用廢棄材料及剩下的舊白布做出來的聖誕襪給我，那一隻襪子是她數年前就做好的，其貌不揚，哪有人做白色的聖誕襪？但我還是很高興，卻沒有發現媽媽已未老先衰，開始生病了。這隻沒有人會欣賞的聖誕襪，讓我和我的孩子度過十幾年快樂的聖誕節，現在他

1992 年媽媽縫製的聖誕襪。

們都已經長大了，知道根本沒有聖誕老公公，聖誕襪也功成身退了，但是我和孩子們都很重視、喜歡、享受這個節日，也因爲聖誕節這種氛圍，讓我們勇敢表達對家人的愛，創造歡樂又美好的回憶，衷心感謝媽媽的聖誕襪爲我們帶來生命的奇蹟。

回首往昔，年輕時媽媽終日操持家務，雖然經濟上不是很寬裕，但只要學校要繳的費用，她都會設法籌措，甚至唸私立大學的昂貴學費，她也咬緊牙關，絕不吝嗇。還記得當我女兒要出嫁時，我的心眞的有如秤鉈離了秤，頓時整顆心都空了，這才想起爸爸曾經說過，妳們一個個結婚，妳媽媽每天晚上睡覺時都會哭，夜夜淚濕枕巾，眞是天下父母親一個樣兒啊。媽媽呀，媽媽，您對我和我的兒女，長久以來不求回報、無私的付出，這天大的恩情，我永遠報答不完。

時光飛逝，媽媽近年來因高齡失智而住進了養老院，媽媽，您在養老院還好嗎？我們都知道，您尚未失智的思緒裡，爲了不拖累大家，願意離開自己一點一滴親手建立的家，您的女兒會永遠記得您，願您不再有病痛，腦海中都是甜美快樂的記憶。希望我偉大的媽媽，像現在放在抽屜裡，功成身退的聖誕襪，好好的愛惜自己，因爲您的風範與所作所爲，不僅幫助我，也警惕我要勇敢，要更努力好好地生活。謝謝您，媽媽！

過春節，話年菜

　　「每條大街小巷，每個人的嘴裏，見面第一句話，就是恭喜恭喜。」年復一年唱著這首歡樂的歌曲，總是讓我對過年充滿期待與活力，因爲要過春節了，會放長假，穿新衣、買新鞋，爸爸會拿到雙倍的薪水，會給我們壓歲錢，媽媽會絞盡腦汁學做爸爸的家鄉菜，或花大錢買高級食材做豐盛的年夜飯，媽媽不僅常變換菜色，還會強調裝飾及擺盤，每年都有創新，媽媽用「年菜」凝聚全家人的感情，讓我也愛上了過年。

　　在我腦海中第一個過年印象，要時光倒流半個世紀前，那個年代沒有自來水，也沒有瓦斯、沒有電視與冰箱，在我們內湖成功路二段四巷二十六號的平房屋子前大院子裏，媽媽掛起好多她自己醃製的臘肉和香腸，那一條條、一串串臘肉香腸，在大院子裏曬太陽的美麗畫面，直到今天仍鮮明的存在我的記憶中。

　　第二個記憶深刻的年菜，是媽媽用麵粉和麵、揉捏出來的饅頭、包子、水餃、麵條、烙餅、蔥油餅、麻花捲、麵茶等，許多不同的麵食和滷牛肉。因爲爸爸的家鄉在河北省定興縣北大圍村，北方人喜歡麵食配滷牛肉和小菜。那年我約莫十歲，媽媽正忙著準備年夜飯，爸爸悠閑地揮毫寫春聯，我高興的唱歌、背唐詩，不知不覺地重複唸著「少小離家老大回，鄉音無改鬢毛催，兒童相見不相識，笑問客從何處來?」的詩句，媽媽卻面露緊張和

愁容，輕聲問我，你知道這首詩詞的意思嗎?以後不要再唸這一首了!長大後我才瞭解，原來媽媽是擔心詩句會勾起爸爸深深的鄉愁。

後來，漸漸地，我家的年菜變得豐富了，堪稱山珍海味，媽媽的廚藝更是大爆發。爸爸每年都開心的拿很多錢給媽媽過年用，媽媽會帶我們姊妹去饒河街買漂亮的新衣裳和鞋襪，再去買過年的瓜子、花生、糖果、餅乾、蔬菜和水果，除夕當天還要買生鮮魚蝦和肉類，穿梭在人山人海的市場中，雖香汗淋漓，但也滿載而歸，聰明能幹的媽媽又會變出滿桌年菜，紅燒海參蹄筋、蠔油雙魷、蒜香大蝦、蒜苗臘肉、珍珠丸子、滿地金錢、蔥油淋雞、花枝牛腱拼盤、紅燒魚、炒米粉等。

年夜飯十分豐盛，雖然已經吃得超級飽了，我總會學爸爸再吃一個橘子，又嚷著，還要包水餃啊!懂事體貼的三妹司倩，接下和麵和切菜剁肉製作餃子內餡的任務，爸爸負責擀麵做餃子皮，媽媽、大姊和我全家人一起包水餃，一起守歲，爸爸的家鄉味總算留住「餃子」，沒有讓北方年菜在我家成為絕響。

民國七十七年開放探親後，爸爸的哥哥託人登尋人啓事找到了爸爸，這是真的嗎?爸爸終究半信半疑地孤身一人和友人踏上返鄉認親之旅，心

▲ 1986. 3. 29. 穿著媽媽挑選的婚紗出嫁。

中七上八下，忐忑不安，一出機場，聽到熟悉的聲音，大聲地喊著：「二叔！二叔！」爸爸說那聲腔跟他自己一模一樣，這親人假不了啦！於是，後來爸爸帶媽媽和家人又回老家數次，其中一次還是在過年的時候去的。

　　這一年，我四十多歲，陪著老父老母回鄉，在天津市堂哥程光宇的家中過春節，堂嫂龔愛常做下酒菜招待親朋好友，照顧長輩一家老小的吃食，更是了得，有口皆碑。因為他們的親切熱忱，爸爸和大伯，我和堂哥全家很自然地就像生活在一起很久的家人，堂嫂煮的每道菜都很合我的口味。爸爸最愛吃「十香菜」，堂嫂更是用心的做給爸爸吃，還很有耐心的慢慢教我這道拿手菜。第一步就是買齊黃豆牙、芹菜、小黃瓜、紅蘿蔔、竹筍、四季豆、金針、香菇、木耳、豆乾等十道食材，第二步食材全部切成細絲，第三步食材分批拌炒，第四步將十種食材一併混炒調味。堂嫂說這道費工費時的拿手絕活，考驗切菜能力，每道食材火候拿捏馬虎不得，調味更是重要，必須惘慢地將鹽、糖、味素、香油、醬油等加入拌炒。這麼辛苦煮出來的年菜，我第一次吃，就超級喜愛，永難忘懷，因為堂嫂十香菜的調味，才是真正的家鄉味年菜的味道啊！爸爸曾經說過最愛吃的十香菜，我終於知道了，十香菜現在也變成我心目中最可口的年菜了。

　　自從我結婚自組小家庭後，也曾認真思考要為家人準備什麼年菜呢？每每經過巷口鳳城燒臘餐廳，看到好多臘肉和香腸，總會多看幾眼，凝望著失神。臘肉！走到五花馬水餃館，又想到俗話「好吃不過餃子」，餃子！再加上

我最怕做、卻最想吃的「十香菜」！就拿這三道菜再搭配蝦仁炒蛋、蔥爆牛肉、辣炒三鮮、蒜香蛤蜊、清蒸魚、大蝦和油雞等，拜拜祭祖吃年夜飯，這菜單夠吸引人啦。所以，臘肉、水餃、十香菜，就是我想傳承的家傳年菜。

▲ 2000 年於天津市和堂哥、堂嫂、堂姊妹、表姊妹及晚輩們合影。

永不停滯的老爸，九三高齡電腦通

　　我的爸爸程至淵(1926--)，本名志遠，歲月匆匆，一晃眼，父親今年已高齡九十三歲矣。父親出身書香世家，兒時於河北省定興縣北大圍村家鄉，接受其祖父與父親的督促，於私塾苦讀四書五經，習得一手好書法，奠定了良好的國學基礎，更由於慈母夏氏的疼愛，以及大家庭的嚴謹規矩教養下，雖家境富裕、氣氛熱鬧、但卻不奢華，順利成長。

　　時值國家急需人才的年代，我的祖父程香五獲得好友趙千里提醒幫忙，幸運的讓我的爸爸能夠至北平航空技術學校入學，學習機械專業知識，從鄉下到京城，見識當時最現代化的教育及生活方式；無奈內戰發生，烽火連天，收到其母親家書，說家中也已鬧土匪，千萬不要回來了！這家書提醒，讓我爸爸只好在 1949 年帶著配給的兩片口糧餅乾，隨著軍隊一路到台灣。一踏上台灣陸地，只有小命一條和身上的一身破衣服，國力艱難，也沒有正式營區可進駐，只能隨軍巡防，四處漂泊。時至 1952 年，爸爸的部隊駐點彰化溪湖小學，白天物品打包放置走廊，晚上教室內打地鋪，只有堅強的忘記過往，重新起步，努力好好活下去。

　　好在軍中需要人才，鼓勵讀書，也因為如此，我的爸爸有機會重拾機械本科所學，持續的用字典背單字，聽收音機學英文，當上軍官後，又爭取受訓資格，於

1955 年和 1960 年，兩度負笈美國維吉尼亞陸軍工校受訓，繼續鑽研機械專長以回饋國家，並再一次的打開眼界，看看世界之顛和最先進的地方是什麼樣子。

古有云：「書中自有黃金屋，書中也有美嬌娘。」幸運的是因在職表現良好，父親申請獲准於 1956 年 9 月結婚，於是我的爸爸在他三十歲的時候，下聘迎娶十九歲的郭銀子小姐，並在台北內湖成功路二段四巷二十六號蓋起自己的房屋，終於漂泊多年之後安定成家，夫妻兩人一起努力，約略二十年光景，這間小屋已變成五個房間還有很大的前後院；五位女兒也先後出生，老大師範大學衛教系畢業，老二東吳大學法律系畢業，老三臺灣大學農業工程水利工程系畢業，老四臺灣大學電機工程學系畢業、美國加州大學電腦工程碩士，最令人感動的是老么，空軍通訊機械學校結訓。五個女兒都得到很好的教養，父親就是最好的身教。

又因為處於台灣經濟起飛的年代，前景大好，爸爸覺得自己應該可以大展鴻圖，1971 年服役二十年以少校退伍，轉行踏入商界，與同好合資成立慶勵有限公司，過著生意人的生活，衝刺事業，想賺很多錢。踏入商界後雖然得到了更豐富的人生經驗，惟創業步步維艱，隔行如隔山，市場變化多端，進口氣墊船、推土機、雲梯車及消防車，因諸多商情及預算因素，常不能達成目標，也苦了我的母親，她要一人管理家中的所有事物，卻沒有幫手；所蓋的房子，也因為被徵收日期漸漸逼近，母親辛苦的存錢，女兒們也很努力幫忙，最後才買下文德

路上的新家！

　　1987 年開放大陸探親後，我的大伯託人刊登尋人啓事，找到了我的爸爸，眞是不敢相信親人已從北京搬到天津居住，多年失聯也擔心會不會認錯人了？當我的爸爸踏出機場，老遠就聽到熟悉的聲音，大聲的喊二叔！爸爸心中的激動和興奮無法形容，他向我述說那聲音和身爲二女兒的我一模一樣，爸爸終於和自己失散多年的大哥程志廣、三妹程志英、四弟程志新及他們的家人相認，人生更加圓滿。

　　人生七十才開始，我的爸爸早已從商場退休，吃素養生、散步健身、練習書法，拿起四女兒的電腦書閱讀，算得上時尚老人。數年後，因感念中文注音鍵盤排列及諸多文字注音的不完全，所以爸爸還自行發明筆結輸入法，於 2000 年報名參加資策會舉辦的 2000 年第四屆資訊爺爺奶奶選拔活動，也因此更提升了自信心，不但在國內展開參展活動，更於 2006 年遠赴美國華盛頓、2008 年到舊金山參與展出，爲國增光呢。

　　數年後，電腦平台更新速度非常的快速，筆結輸入法的版本已經不能繼續沿用，我的爸爸仍舊惕勵自己至別的領域

▲ 1956 年中秋佳節爸爸程至淵與媽媽郭銀子於台北內湖結婚。

141

發明創作，向外貿協會申請參加年度發明展，從 2012 年起連續四年，於世貿一館推出新作，2012 年電動伸縮拐杖，2013 年施工架監控補強裝置，2014 年船舶浮力系統（重建箱），2015 年足部輕鬆快樂洗腳刷，讓自己每天都很充實，忙得不亦樂乎，根本忘記自己已經是個九十歲的耄耋老人，不知老之將至呢！相對的，守在爸爸身邊的我的母親，卻因失智症漸漸嚴重，終於住進養老院安養。

目前爸爸體力退步很多，但仍堅持每週去中正紀念堂與同好拉二胡，學唱京戲，平時也會上圖書館查資料，上網學習新知，更喜歡去好市多買喜歡的食材回家做料理。他和最孝順的小女兒住在一起，相互照顧，與同在台北的老大、老二、老三也時有往來，女婿、外孫、外孫女、外孫媳婦、外孫女婿、外曾孫也會相聚，所以說爸爸是「現代十全老人」也不為過。二十一世紀世界變化大，科技進步更快，我的爸爸已經努力跟上，九三高齡雖常處於休養生息狀態，但仍本於機械專業，時時追求進步，永不停滯，於今年 2019 年仍然繼續研發新構想，敬請期待。

▲ 2016 年 5 月 14 日老爸參加外孫女喬伶訂婚宴。

發現桃花源：音樂與詩的浪漫英倫知性之旅

　　天下父母心，我愛女兒，悉心關照、期待著她健康快樂長大、過得幸福美滿；素來喜愛音樂與詩的我，一直想把這份浪漫情懷與女兒共享，期盼她和我一般快樂自在。很幸運的，那一年暑假，一考完大學入學考試，我們母女一起參加了「英國倫敦五日遊」，旅途中，我們深受英國豐厚的文化底蘊所感染，女兒也確認未來人生方向，決定專心攻讀師大英語系，還想將來要到英國倫敦留學。果真，女兒後來一路求學、留學、就業、戀愛、結婚的發展，都與英國倫敦一線相繫，隱隱相牽，英倫行是一趟藝文知性之旅，也是我心中充滿音樂與詩的桃花源。

　　那一年(2010 年)女兒高中畢業，大學入學考試剛結束，我倆報名參加雄獅旅行社的英國倫敦五日遊，雖然旅遊時間不長，但參觀的景點很豐富，我倆都有非常大的收穫和感動，女兒更因這趟英倫行而確定求學與人生方向；我也沾染了女兒的少女情懷，恣意沉醉在浪漫的戀愛感覺中。那次旅行，就是我豐富的心靈之旅，讓我體驗許多夢幻詩意、浪漫的音樂饗宴、美麗的童話故事、皇室的宮廷故事，乃至電影、戲劇、小說、音樂、歷史、文化等，所有和英國有關的元素填滿腦海，回味無窮。這一趟藝文知性之旅，也讓我們母女的心更接近，彼此關懷，也相互理解。

○ 倫敦的皇家景觀，溢滿我心

倫敦行最吸睛的，首先是泰晤士河和兩岸的景點，有雄偉壯闊，兩端有兩座仿哥德高塔的倫敦塔橋，有可在高空中欣賞美景的倫敦眼，更有著名的歷史古蹟，哥德式建築的國會大廈，又稱西敏宮，其西北角的大笨鐘更是我的最愛，因爲它讓我想起，爸爸在我升國中時送我的貴重手錶，也讓我想起，先生在我婚後送我的漂亮金錶。我女兒則是想到，鐘敲十二下，灰姑娘必須從舞會跑走的童話故事。

至於與英國皇室有關的景點，更是令我們期待，因爲從托馬斯馬洛禮寫《亞瑟王及圓桌武士》的傳說，查爾斯狄更斯寫《孤雛淚》，馬克吐溫寫《乞丐王子》，一直到現在的女王伊莉莎白二世、戴安娜王妃、凱特王妃、梅根王妃，都是我們熟悉的新聞人物。倫敦塔裡埋藏著許多可歌可泣的歷史故事，珍藏著許多無價之寶，石砌的厚實城牆，穿著特別制服的守衛，在在讓這個皇家宮殿，成爲倫敦最鮮明的象徵，我們懷想古今，深受吸引。

但是我比較喜歡在溫莎小鎮裡漫步遊玩，這裡充滿著皇家氣息，可欣賞溫莎古堡、溫莎伊頓車站的古意盎然，也可走在被譽爲英國最高貴的街道上，觀賞皇家新月樓那些美輪美奐的弧形連棟樓房，和完美貴族風範有捲雲狀柱子的露台，自然散發出古典優雅的氣質。漫步在綠草如茵的維多利亞公園，靜靜的享受著這些歷史、文化、藝術帶給我們的滋潤，溢滿胸膛。

　　新古典主義建築風格的白金漢宮，是女王的官方宅邸，宮殿主體是一座四方型的灰色建築，四周圍上欄杆。哥德式建築的西敏寺教堂，是舉行歷代英國君王加冕典禮及皇室婚禮的地方；巴洛克風格建築的倫敦聖保羅大教堂，是當年查爾斯王子和戴安娜王妃舉行婚禮的圓頂大教堂。這些耳熟能詳的故事及景物，能夠在這次旅遊中親眼目睹、體會，那些盛大的宮廷舞會、浪漫的華爾滋舞曲，自然而然浮現心頭，讓我不禁想起大二時的迎新舞會上，完全不會跳舞的我，舞技高超的學弟，竟然帶著我翩翩起舞，讓我變成當晚的舞后之一。這場景也令女兒想起她在台北的男朋友，於是我們打開手機，播放歌手蔡依林的「日不落」，母女有共同的語言，頻率相同，超級開心。

145

◯ 深厚的文化底蘊，令人嚮往

　　學術殿堂，牛津大學城，沒有圍牆，學校與城市融為一體，哥德式的尖塔林立，非常漂亮獨特，那是我們很喜歡的《哈利波特》電影拍攝地，也是《愛麗絲夢遊仙境》故事背景所在。少女情懷總是詩，劍橋大學的優美景致，更是我們最嚮往的旅遊聖地，這裡每一座學院風格各異，都是建築藝術精品，國王學院最是著名。我們循著詩人徐志摩的足跡遊康河，在河岸邊等船時，我體會到「那河畔的金柳，是夕陽中的新娘；波光裡的艷影，在我的心頭蕩漾」。在撐篙行船途中，我感受到「軟泥上的青荇，油油的在水底招搖；在康河的柔波裡，甘心做一條水草！那榆蔭下的一潭，不是清泉，是天上虹；揉碎在浮藻間，

沉澱著彩虹似的夢」，這首詩美妙、動人、瀟灑的意境，一直都在，並不曾隨著詩人離去或消逝。

　　這次旅程裡，最特別的是，還安排參觀大文豪莎士比亞的故居。走在橫跨泰晤士河的千禧橋上，前往白色都鐸式建築的莎士比亞劇場，都讓我們深受感動，這些大作家、劇場藝術工作者，留給後代子孫，何其豐富的文化藝術資產啊！貝克街221B號的福爾摩斯博物館，更是不可少的景點，因為我還要替偵探迷老公尋找福爾摩斯的足跡呢！而我母親最喜歡的奧黛麗赫本，在電影《窈窕淑女》中賣花的市集就在科芬園，這座擁有百年歷史的有頂市集，現今呈現著十足藝術與休閒購物的風貌，倘徉其中，我幻想我們祖孫三代，都像電影裡女主角一樣聰明又美麗。

146

　　踏著輕快腳步，漫步倫敦街頭，當然一定要享受甜蜜高雅下午茶，欣賞著名歌劇，體驗英國優雅的高品味生活，彷彿多年的辛酸勞苦病痛，都在這異鄉街頭，得到慰藉。回想倫敦這個奇幻故事的產地，膾炙人口的作品不勝枚舉，電影「007」系列、「福爾摩斯」系列、J.K.羅琳的《哈利波特》魔法系列、還有J.R.R.托爾金的《魔戒》系列，和今年才剛上映的崔弗絲的《風吹來的瑪麗‧包萍》，一一浮現我的心頭。印象中，在白晝長的倫敦五日遊裡，有一晚，同團的七、八位科技新貴，在我們下榻旅社的大草坪休憩區，聊天小酌、講笑話，好愜意，我們母女也受邀參加，紳士淑女的浪漫雅集，口角生風，我真正敞開心懷笑開了，那難忘又驚喜的歡笑時光，我

永遠記得，雖然已經是晚上，天空還是亮著，我的眼、我的心也都是亮著的。我們發現英國倫敦，有著濃厚的紳士文化，既穩重又挺拔，既浪漫又優雅，我們母女都沈醉其中了。

◯ 知性文化之旅，開啓幸福未來

倫敦雖美，終究還是要回到台北，回復日出而作，日落而息的規律生活；回到台北天母熟悉的家，女兒高興的去參加師大第一屆大一新生全英語夏令營，三週下來，進步神速，認識好多不同科系的新朋友，她勇敢的「秀」自己；原來英倫五日遊，給了她滿滿的正能量。她立定去倫敦留學的志向，認眞參加社團，自己打工存錢，努力讀書，然後考上教師證照，籌措留學費用，申請獎學金，辦理留學生助學貸款。一路朝著目標勇往直前，終於在 2016 年九月，飛到英國，到倫敦大學攻讀英語教育碩士學位，女兒人生夢想的起飛與實踐，一步一步前進。

147

爲了相互扶持，女兒的男朋友台大畢業後，也去倫敦政經學院攻讀碩士學位，於是從國中就相識的兩人就訂婚、登記結婚了。在倫敦留學的日子裡，他們還造訪了荷蘭的阿姆斯特丹、鹿特丹、羊角村，比利時布魯塞爾，德國柏林，捷克布拉格，法國巴黎，丹麥哥本哈根，冰島、蘇格蘭、愛爾蘭等地，壯遊歐陸，開啓視

▲倫敦西敏寺。

野。2018 年七月，他們再次到倫敦，參加畢業典禮，並拍攝夢幻指數破表的婚紗照。當年十二月二十九日中午，於台北大直維多麗亞酒店，舉行浪漫動人的戶外證婚儀式和快樂婚禮。

　　我看到女兒女婿如此充實豐盈、美滿幸福的生活，不正是我所期盼的嗎？倫敦的藝文知性之旅，帶給我豐盛的歷史、人文、文學、音樂、藝術、電影的養分，尤其是能夠與女兒聲氣相通，月夜談心，一同分享浪漫的音樂和美麗的詩篇，至今想起，都還覺得十分甜蜜。這幾個月來我常常聽到，女兒婚禮上播放英國紅髮艾德合唱團好聽的歌曲「Perfect」，主唱 Ed.Sheeran 動人的歌聲餘音繞樑；詩人徐志摩「再別康橋」的詩，也常駐我心。我知道英倫五日遊，會永遠留駐我心底，看到女兒一路幸福快樂，我更確知，我心目中的桃花源，就是：母女共享浪漫的音樂與詩，那幸福就從英倫五日遊持續蔓延，永遠留駐我們心頭。

▲倫敦聖保羅教堂，女兒女婿在此拍婚紗。

我想做一個認真生活的人

在人生的旅途中，我很幸運地經歷了無憂無慮的快樂童年時光，心無旁鶩專心讀書的中學生涯，自由自在翱翔天際探索新世界的大學生活，備受寵愛的美麗女人時代，還有酸甜苦辣鹹五味雜陳的婚姻生活、養兒育女兼職業婦女的時代。現在耳順之年，正處於功成身退，怡然自得，像「軟泥上的青荇，油油的在水底招搖；在康河的柔波裡，甘心做一條水草」一樣，躲在溫暖舒適的家裡，默默支持著家人；希望能用我快樂的心情，影響身邊的人，把自己縮小到虛無，最後瀟灑告別，揮一揮衣袖，不帶走一片雲彩。

我真的覺得，我這一生已經豐盈，不敢奢求更多，只要平安就好！卻從來不曾認真的看待自己，幾度驚險，幸得老天厚待：三十八歲時因減肥感冒引起氣喘，醫生說沒什麼大不了，有藥可醫，我就開始吃過敏氣喘藥，還想到將來可能會和鄧麗君一樣的一口氣喘不過來，倒也乾脆，了然於胸，也就釋然了。四十九歲時因高度近視，引起左眼視網膜出血，失去左眼視力；五十四歲時又發生右眼視網膜出血，很快就可能雙目失明了，我還是不緊張，消極的接受這個事實，心想該要學習如何過盲人的生活。直到看見爸媽心疼的眼神，女兒哭泣的臉龐，先生、兒子滿臉無奈的神情，還有姊妹們數不清的關愛之情，大家都為我而憂心忡忡，我這才積極地求醫。

終於得到了榮總志工、護理師的幫助，掛到眼科名醫陳世眞主任的診，當天馬上進手術室打針，才幸運地保住右眼視力；先生勸我辭職，家人都鬆了一口氣，替我高興。可是我太喜歡閱讀書報、看電視、電影，也樂於幫先生記賬、管財務，以致白內障越來越嚴重，但我還是不敢去開刀，直到先生說：「妳再不去治眼睛，以後看不到女兒穿婚紗的樣子，怎麼辦？」我才幡然醒悟。

　　五十八歲時，我開完兩眼白內障手術後，人生眞的變得更快樂，雖然女兒結婚去倫敦大學讀碩士，我只能一個人去逛街、吃美食、看電影，但是我可以無後顧之憂，自由自在，獨立自主。常常在咖啡廳、餐廳裡，寫信、拍照傳給女兒女婿。第一次去天母棒球場看棒球，看世大運跳水比賽、網球比賽、足球比賽等，更有時間回娘家看爸媽和五妹，眼睛好了，日子清閒了，悠哉悠哉好像沒有什麼人生目標，可以驅策我不斷前進。

　　正當我悠閒得乏善可陳時，我生命中的一位貴人適時出現，我的大姊程明曲（國中老師退休，在戲曲學院與藝術館等擔任志工），她鼓勵

▲ 2018. 12. 29. 我們夫妻在女兒的婚禮擔任主婚人。

我報名參加戲曲學院王素真老師的「樂齡寫作班」，她說：「想幫老爸寫一些東西，留給後代子孫。我相信妳的文筆，妳一定可以做到！」能夠受到大姊的肯定，我很感動。從小到大，她總是從旁關心我，督促我於無形之中，默默地幫助我，引領我走進美好的寫作天地。

寫作班開課了，第一篇就是〈自我介紹〉，我很仔細觀察自己、回想這一生經歷些什麼？個性、興趣、理想等，真心真意的表達自己，希望大家都能認識我。第二篇寫〈一份特別的禮物〉，我馬上想到偉大的媽媽送我的聖誕襪，五十幾年和她在一起生活互動的情景，像川流不息的河水湧現出來，我就用了六小時，一氣呵成，完成整篇文章。第三篇傳家菜寫〈我家的年菜〉，真的難倒我了！想了半天，終於想到，何不寫年菜再加上過春節的情景，可以豐富文章內容？第四篇人物素描寫〈我的老爸〉，我才省思到，原來我對爸爸的了解好像很少，平時都不會注意他在做些什麼事，也不甚了解他的心思，就尋求小妹協助，完整地把老爸豐富的人生經歷記錄下來。第五篇寫〈桃花源〉，何處是我嚮往的地方呢？因為心中常常會響起浪漫、優美的音樂，和動人的詩，我沉醉在幸福美滿的氛圍下，完成原本平淡無奇的倫敦遊記。

參加寫作班，在寫這五篇文章的過程中，我才發覺自己竟是如此認真、用心！此刻我才驚覺，其實我是有潛力、有能力寫出好文章的！記得母親說過，她生下我抱著我時，想著要給我取什麼名字好呢？抬頭看見天邊出現一道漂亮的彩虹，就決定要用「虹」這個字，爸爸也覺得很

好，再加上一個「文」，就是「虹文」了，我的幸運人生就此展開。母親還說，虹是希望你會很漂亮、快樂、幸福、沒煩惱，文是希望你喜歡讀書、善於寫作。我雖然是記在心裡，但也從沒有想過要真的去寫文章，現在有這個機緣，和老師、同學一起寫作，還要出書，真是令人期待，原來爸媽對我的期望，我是可以做到的。

　　人生是一段只能前進，無法回頭的路程。現在的我可以有很多時間休息，參加各種不同的藝文活動和講座，享受悠閒寧靜的生活，但總覺得到處看看，打發時間，是否太沒有意義呢？我想在今年的七月十七日生日這天，許下「我要做一個認真生活的人」的願望！認真的照顧自己的身體；改掉消極、被動、衝動易怒的個性；多些包容、體諒、傾聽；不要放棄自己，努力學習新知識；持續寫作；再次扛起責任，多用點心，去關心爸媽、姊妹、先生和兒子。雖然這些目標沒有很遠大，只要我願意，我一定會很認真的去做，做個有用的人，讓我生命中的彩虹，再一次展現她的美麗！

153

▲ 2019. 9. 3. 和小妹程玉琢於高島屋享用法式下午茶慶祝九三軍人節。

我見我思我感：從長榮罷工談起

　　日前，長榮航空空服員的罷工新聞鬧得沸沸揚揚，從六月下旬工會發起罷工到七月初落幕，媒體日日大篇幅報導，擾嚷不休，勞方、資方、官方、乃至旅客、旅行業者，皆受波及，影響社會至鉅，且至深至廣，至今仍餘波蕩漾。二十多年前，我曾在長榮集團張榮發基金會國策中心服務，以一個老同仁看到昔日東家這紛爭，心裡真是難過萬分。如果，我們每個人都能退一步想，心存善念，心懷感恩，行己當行，或許就不會有這一場長榮罷工事件了。

　　我一直想不透，空服員罷工的勞資爭議，何以要犧牲旅客？如果大家都站在一己之私的立場，強烈抗爭以爭取自身權益，而罔顧他人，那麼，人之所以為人的良心、善心、愛心何在？記得父親曾教導我們「寧願人負我，不可我負人」，我深深覺得我可以做到，因為這樣我就可以大聲地說「無愧於心、無愧於天地」，每天心安理得，快樂的生活。簡單說，就是「不要做害人的事」，才能問心無愧，自在過日子。

　　但是，人畢竟是有情緒的，難免有衝動不平時。相信空服員一定也有工作壓力，脾氣難耐，想要爆發的時候。以前年輕時，我要上班，要做家事，又要照顧小孩，每天忙得團團轉，很容易生氣，常常和先生吵架，也很會打罵小孩，家裡氣氛有如壓力鍋。那時候，先生雖然

不伸手幫忙，卻說了一句話「妳不想做就不要做，我也沒有叫妳做！」聽來不慍不火，卻還滿有智慧的，鄰居鄭伯母也勸我不如辭職，好好在家專心帶小孩。我冷靜下來，仔細想想，既然是我自己的選擇，我就應該要「歡喜做，甘心受」，不能把負面的情緒，發洩在無辜的先生和小孩身上，更何況有很多的問題是出在我自己做事的方法、規劃與時間安排不當，加上自己能力不足，還有私心底仍不甘心放棄玩樂。

很慶幸，我生活在友善的社會，才會有美好的生活。我這一生，得到非常多人幫助，還遇到許多貴人，十分幸運，我發現，我們社會有很多很多善良的人。記得我因眼疾、恐將失明，正沮喪地想著該學習如何過盲人生活的那段日子，有一回，看到一位手持盲人拐杖的年輕女孩，健步如飛的走在天母忠誠路上，我勇敢的叫住她，上前請教她，要如何才能做到像她一樣，雖然失明，還是可以自己照顧好自己？素昧平生的她很和善、很關心、很理解我，我們邊走邊談，就一起繼續往前走，她還帶我去中山北路六段，她常去的一家麵店，請我吃牛肉麵，我很感動，也覺醒了，我原本對自己眼睛絕望的心情，頓時峰迴路轉，積極地想要尋求名醫診治。

就在我兩眼白內障狀況非常嚴重，想尋訪名醫時，有一天，到臺灣銀行去辦理網路銀行匯兌業務，遇到一位中年男子，他看我很吃力的打電腦，走過來跟我說：「我知道，妳也和我一樣，有極高度近視和很嚴重的白內障，可是不知道該去哪一家醫院或診所？你也不知該選擇那一

種手術比較好?對不對?」我真的是喜出望外，竟然有一位和我同病相憐的人來救我了，他很詳細地為我說明，他治療白內障的過程，又分析各種不同手術的優缺點，以及應該注意的地方。他就好像事先帶領我走一遭，把治療歷程預演了一遍，而且白內障手術很成功，他把所有的經驗完完整整告訴我，讓我清楚明白，讓我成竹在胸，不再害怕開刀。現在我終於重見光明，可以不要戴眼鏡過生活，也揮別四十六年的近視人生。

在我決心要找台北榮總眼科，救治我的右眼時，有好心的志工告訴我掛號的訣竅，可以直接到診間請求醫生加掛；又有善心的門診護理師，請求醫術高超又有愛心的主任醫師，加收我這一個病人；還有手術室的護理人員，看到我這麼緊張、害怕，不厭其煩，溫和的解釋手術過程，還安慰我，「這只是一個小手術，不會痛啦！主任親自幫妳打針，妳要相信他，要有信心，一定會治好的啦！」連一旁等待開刀的老奶奶病患，也跟我說：「不會痛！他們的技術非常好！」我衷心感激身旁這些善心人士，他們鼓勵我，安慰我，大家都很忙、很累，但都很敬業，又有愛心，肯耐心地理解、體諒、撫慰我這個陌生人，讓我激起人生的鬥志，重見生活中的無限美好。……

生活在台北，是充滿美與善的，周遭有許多餐廳、咖啡館、百貨公司、公園、博物館、公共圖書館、展場、展演廳、古蹟……等，數不完的好地方，我常常感受到，在平凡的日子裡，常常處處有驚喜。元宵節去西門町看

熱鬧的台北燈節；春天來了，就去陽明山看櫻花、繡球花、海芋，去擎天崗大草原看自然放牧的牛群，去士林官邸看玫瑰花、蘭花。中正紀念堂、國父紀念館、博物館、美術館、世貿中心等有各種不同的展覽，小巨蛋、國家音樂廳和戲劇院裡有高水準的表演，木柵貓空纜車和動物園，淡水古蹟、夕陽、美食、美景，內湖的碧湖公園、大湖公園、大安森林公園、天母運動公園、各區的運動中心、河堤邊長長的腳踏車專用道和好多的球場、大稻埕古蹟、北投古蹟和美景等，更是四季皆宜的好去處。在這些地方，我看到的是健康快樂的人們，聽到的是歡樂的笑聲，讓我每天活在有希望、有願景的生活中。真實的感受到，台北最美麗的風景就是「人」。

157

　　我覺得「生命的意義在創造宇宙繼起的生命」，一代傳一代，生生不息，應該是很美好的、很自然的生活目標。無奈，現今的社會，經由媒體、網路，經常大量報導許多的負面新聞，可怕的社會案件層出不窮，房價越來越貴，物價也驚驚地漲，貧富不均的現象日益嚴重。我很心疼社會上這麼多善良的、努力的青年，不敢結婚生子，擔心以後連勞保的

▲ 2016. 5. 14. 於天母家中與兒子善傑合影。

退休金都領不到。即使如此，我還是鼓勵我的孩子，不要放棄希望與理想，因為只要每個人都有「良心、善心、愛心」，不要去做害人的事，多做幫助人的事，發揮愛心，創造安和樂利的社會，不忌妒、不貪心，真誠待人，「心中有愛，天下平安」。

令人欣慰的，我看到身旁的有為青年，心存善念，心懷感恩，行己當行，例如我外甥魯尚達老師（兼教練），就是個好樣兒。他從就讀台北萬芳高中高一時，開始踢足球，後來考上台中體育學院，當上體育老師，克服萬難，永不放棄的走在足球運動道路上，不追求物質享受，只醉心於自己最喜歡的事務，充滿理想並努力實踐。今年（2019）足球教練魯尚達帶著球隊一路參賽，贏得教育局補助，並在一品堂中醫診所院長的善心贊助下，帶著台中市國安國小足球隊飛往歐洲，參加 2019 匈牙利 Intersport 青少年足球錦標賽，踢了八場球，甫於七月十日勇奪亞軍。這支球隊在 2006 年成軍，隊員中六年級 14 人、五年級 12 人、四年級 16 人、三年級 20 人、二年級 16 人、一年級 18 人，平時週一至週五，四點放學練習到六點，很有紀律，很是認真，我期待他們有一天可以踢進世界盃，再創輝煌，成為台灣之光。

還有，我兒張善傑，從台北復興高中戲劇班開始，接觸表演藝術，學到許多活知識與經驗，他演戲之外，也曾到餐廳、停車場打工，半工半讀完成東方技術學院觀光與休閒事業管理系的學業，再服兵役、當保全、還出任豐田汽車與賓士汽車業務、宏華國際企業經理等；

他走在多采多姿的人生道路上，為自己的生活而努力，在工作業績的表現上都是最優等的，我深以為傲。我還記得善傑年輕時曾參與三部偶像劇演出，是〈愛殺 17〉、〈親親小爸〉、〈霹靂 MIT〉裡的明星，他也是〈大愛劇場〉的基本演員。一路走來，善傑的努力奮鬥精神和樂觀豁達的態度，都讓我覺得很驕傲和安慰，他們這些年輕人，就是我們社會未來的希望啊。

　　幸福是一個渴望的過程，要經過苦難，才會有美好的結果；人生旅程中有許多美麗風景和驚喜，也有許多悲傷、痛苦、無奈和危險。很幸運的，我們有很好的健保制度和醫療品質，只要有健康的身體，快樂自然唾手可得，做好情緒管理，要正向思考、要適度的紓壓、不要過度追求完美，幸福不遠。我很慶幸看到外甥魯尚達和我兒張善傑，這兩位三十出頭的優秀青年，不怕吃苦，為了理想，無怨無尤，堅持走自己的路。看到日前的長榮航空罷工事件，我以長榮集團員工過來人的身份，衷心期盼大家要向前看，心存感激，共同為創造理想的社會而貢獻所長。現在，我還是相信，大道酬勤，世界終不會辜負那些心裡乾淨，充滿良心善心與愛心，並努力工作的人。至於罷工，就再多想想吧。

輯五劉光桐

導演筆下寫人生

劉同貴，藝名劉光桐。祖籍山東沂水，1958年生於台北萬華。臺灣師範大學教育學院創造力發展在職碩士專班畢業，戲曲生涯52年，1968年進入國防部陸光藝工大隊附屬陸光劇校就讀，工花臉，1978年服役、役畢於國光國劇團服務22年，明華園歌劇團3年，後轉任臺灣戲曲學院（復興劇校前身）教職。感恩父母教誨、老師栽培，才疏學淺，希望能藉寫作留下美好回憶。

感恩的心，學然後知不足

　　我叫劉同貴，但可能沒有多少人知道。倒是我學戲的藝名劉光桐，稍稍有點知名度。我出生於民國 47 年（1958），一轉眼，完全沒感覺，自己就已經 61 歲了！

　　我目前仍在臺灣師範大學教育學院的創造力發展碩士專班就讀，現職是國立臺灣戲曲學院歌仔戲學系的專業技藝教師，專長爲傳統戲曲導演，還有戲曲基本功，因爲我是戲曲科班出身，陸光劇隊的小陸光第二期「光」字輩梨園子弟。

　　戲曲舞台上的事兒，我很熟，但提筆寫作，於我而言，卻有兒點兒沈重。10 年前，我卽嘗試開始寫作，後來斷斷續續，停停寫寫，後繼乏力。年過花甲，才開始想到要過自己的生活，兒女們也都鼓勵我再學習，就在太太的督促之下，我終於鼓起勇氣參加「樂齡寫作趣」這個班，開始學習寫作。

　　過去在劇校，鮮少有功課出類拔萃的，科班教育的重心都放在戲曲的上百種程式練習上，疏於寫作，也無緣創作，自然文筆拙於見人，今天重新提筆，心中非常徬徨，就擔憂自己滿腹心聲說不清，寫不了。

　　我的父親是個山東漢子，軍旅出身，生養我們四個孩子，頗不容易。幼時的我，是個撿垃圾長大的小孩，生長在三重南區屠宰場的淡水河邊，光腳上學，成績不

優。由於父親隨部隊來台，不適應軍中環境，不久便黯然退伍，又無一技之長，實在養不了四個小孩，但他卻十分努力地克盡己責，嘗試去做各種小生意，後來媽媽不希望我們受到三重環境的影響，決定將九歲的我和哥哥兩兄弟先後送進軍中劇校。

當時母親將我和哥哥送進劇校學戲，受盡了左鄰右舍的指責，每天媽媽都忍氣吞聲、陪著爸爸做小吃生意，賺錢養家餬口，有苦難言。終於父親勞累過度，得了肺炎又得了氣喘，那時起全家精神緊繃，三不五時到學校辦會親時，媽媽就會緊張得氣喘鎖喉休克，令人十分驚恐。想起童年時的家庭困境，我最捨不得的仍是父母親，辛勞一世，養育栽培我們，所幸父親最後仍然看到雙胞胎孫子出世四個月才撒手人寰，母親也有看到孫兒長大孫女出生。

回首過往 50 年的戲曲生涯，一路走來非常艱辛，每天在超量的運動下仍然要被鞭策，當其他年輕人仍在睡覺時，我早已開始了一天的衝刺。正因為成長過程非常艱辛，漸漸造成我性情孤僻，不太說話。劇校坐科整整 10 年，畢業後如飛出籠子的鳥兒，一路面對陌生的社會，一路不斷的學習，半工半讀，從二專、大學、到研究所，困知勉行，我自知我不是最優秀的，但是努力再努力，絕不輕言放棄，跌跌撞撞，歷經人生折磨，度過一段充實的日子。最終頑石磨圓，才知道人生就是要勇敢面對一切。

因為學習，讓我更懂得感恩。至今我仍很感恩父母，

唯獨遺憾無緣再對父母盡孝，沒有機會奉養父母頤養天年。也很感恩在戲劇學校栽培我成長的老師們，戲曲養分讓我足以成家立業，養活了我一家人，讓我們生活無虞，育我養我，感恩之際只能竭盡所能完成戲曲使命，努力傳承戲曲藝術。

　　我尤其要感激太太多年的辛苦。太太在我人生陷入谷底、最失敗時，大膽的嫁給我，並撐起這個家的經濟，身揹巨額債務，日以繼夜賺錢還債，甚至因表演而雙膝韌帶斷裂，也不放過任何經濟來源。當我遭逢大難，腦部大手術開刀時，太太在醫院寸步不離全力照顧，直到我轉危為安，終於平安脫困，後來連她也累垮了。老天眷顧，太太陪我一路至今，即將屆齡能退休了，人生第三階段規劃就要展開。今天我的家庭已經走過蔭谷，小孩也都漸漸長大，兒子都已就業，生活重擔減輕不少，我對他們就是期盼能有好的姻緣好歸宿，也希望太太可以放鬆自己，兩人一齊邁向未來人生！感激妳，老婆大人。

一份特別的禮物：我的家族旅遊相簿

今年（ 2019 ）5 月 5 日家族感謝聚餐，餐會中，堂弟正貴送給大姊、哥哥、妹妹、我及憲華，每家一本他設計的精美紀念照像畫冊，看完後我感動得熱淚盈眶，家族旅遊的美好回憶全都回來了……。

一家人手足是至親，心手相連，我們劉氏一家人至今能夠相親相惜，其中的關鍵人物就是我的大姊。姊姊國中畢業卽進入職場就業，以協助父母賺取家用，後來嫁到高雄，先照顧夫家，孝養公婆、陪伴姐夫；這期間大姊更長時間照顧我失智的母親，長達七年之久。按常理來說，姊夫可以不接受這要求，但姊夫答應了。這一路走來姊夫幫了大忙，對母親的電療、製作營養食物、換鼻胃管、到餵食，姊夫全擔下了。大姊甚至爲了擔心照顧不好媽媽，而得了躁鬱症及憂鬱症，再加上更年期，痛苦到了極點，她甚至曾有過輕生的念頭。原本照顧媽媽應該是哥哥與我的責任，只因爲我們兄弟工作與債務纏身，實在無暇分身，失智的母親多次出去就不記得回家的路，每每四處尋找，都是半夜到女警隊領回。求助老人機構，也得不到妥善回應與安排，無奈之下，才送到高雄委託姊姊照顧，直到老媽辭世爲止。爲此我們心中充滿歉意，三不五時，哥哥妹妹和我都會不時下高雄去探望姊姊姊夫，希望略略減輕心中的歉意。

如今母親不在了，長姊如母，大姊便成了我們家族

的重心，得知她身體不好時，讓我們擔心不已。那年姊姊 60 歲生日，我號召大家靜悄悄到高雄集合，要為她慶生。家族全員到齊，慶生活動也很成功，讓一向節儉的姊姊很高興。

後來我歷經生死關鍵，前後幾次開顱腦部大手術，在進出醫院之際，深感個人生命脆弱，應把握當下，親情至上，一定要惜緣惜福。因此，我們討論決定，一則想藉出外旅遊讓姊姊有機會運動運動，再者家族旅遊亦可凝聚家族感情與向心力，一舉兩得。就在 2015 年初，經大家討論後，我們的小孩決定先成立網路社群《成鄉粉絲遊》：名稱源於姊夫李寶成、姊姊劉念鄉，各取一字而成為《成鄉粉絲團》。

165

2015 年成鄉粉絲團第一次家族旅遊地點 --- 阿里山。消息發佈後反應熱絡，報名踴躍，超乎想像。旅遊當天全體總動員，台北開車南下、高雄開車北上，雄壯的車隊在阿里山的山美部落前集合，大家一見面真是雀躍，雖然沒有住好吃好，但家族都非常支持，都珍惜這難得的機會，一直為大家津津樂道，我這才發現家族的向心力強大無敵，下一次的家族旅遊提議又出現了。

2016 年第二次的旅遊到花蓮台東。沒有經驗的我們買不到高雄往花蓮的火車票，神人堂弟劉正貴及時加入，解決了這個問題，他上網買區段票，成功的解決交通問題。由於是區段票，在火車上坐幾站就要換車廂換座位，前後幾次遷移大人都快昏了，小朋友卻已高興到幾近瘋狂。花蓮火車站集合，30 人的隊伍到齊了，這次交通是

北部開車，南部現場租車旅遊，氣氛超熱絡，老老小小充滿歡喜，又是一次難忘的旅遊。

2017 年第三次是到台中旅遊。交棒給家族第三代籌劃辦理，他們很用心，但我缺席了，因感冒引起心房顫動，到三總急診住院，大家都全力隱瞞，不讓姊姊知道，就怕影響到她旅遊的心情，深恐姊姊萬一知曉立即衝到台北，可就掃興了。後來直到旅遊結束，回到高雄家中數天後，我也出院了，才由姊夫跟姊姊講明。結果是我被姊姊哥哥和妹妹三人輪番訓話，日後必須更加注意身體，絕對不准缺席任何一次家族旅遊。

2018 年 4 月第四次旅遊地點是在台南屏東。人數依然不少，南北各自開車台南會合，晚上高雄家人回家，這樣姊姊才能睡得好，北部來的則住進飯店。第二天屏東旅遊，大家熱情不減，但大家仍隨時注意姊姊體力，這段時間姊姊也漸漸恢復了健康，好久不見的燦爛笑容回來了，哥哥富貴、我同貴、堂弟正貴我們都好高興，這就是我們辦家族旅遊的目的，手足相聚，找回笑容與健康。

這次台南屏東遊，難得的是旅居義大利的妹妹郝希君，也帶著兒女回來參加旅遊，增添了更多旅遊趣味。希君是個傳奇，她不是我親妹妹，由於她媽媽迷信，希君 9 歲時身上都是菸疤、吃剩飯、睡浴缸、時時挨揍。他父親跟家父是故交，向家父敘述他的無奈，老爸氣憤救出希君住到家中，把她當親生女兒照顧，但要讓她能養活自已就必須學習一技之長，帶她四處報考劇校，希

君考上高雄左營海軍陸戰隊的飛馬豫劇隊後，我拜託很多隊員照顧她，從此在豫劇隊落地生根，成長後她嫁到義大利，育有二男一女，現在她在拍電影，生活美滿，這麼多年來只有我不斷的鼓勵她，她也時時不忘老爸老媽當年的養育之恩。

　　2019 年 4 月第五次家族旅遊地點是日本沖繩。家族旅遊從台灣島內遠征海外，起因是大嫂提議國外旅遊，剛好堂弟正貴對沖繩非常熟悉，大家推舉正貴主辦，在無法推辭下他便挑大樑主辦。南部家人由高雄小港機場出發，北部家人由桃園出發，不能去的第三代還來送機，大家在沖繩機場集合。

　　沖繩旅遊一切順利，正貴不愧是處女座，心思縝密得令人訝異，弟妹瑞玉體貼心細，這一年每天上網看機票，只要是低價位就進入搶票，半年前開始訂飯店，遇有低價位房立即訂下拋掉高價位房，反覆地仔細設計行程、親切地為大家服務，不但替大家節省旅遊費用，讓大家一天比一天玩得嗨，山景加海景，風景加景觀，美食加購物，滿足了大家，一切一切都太美好了，他們夫妻累壞了，但沖繩遊卻讓家族留下了更美好的回憶。最重要的是姊姊說，她願意年年出來旅遊，因為旅遊可以看到所有家人，聽到這句話我十分高興，謝謝幫忙辦家族旅遊的親人，沒有你們不可能延續這活動。只要姊姊身體好，大家沒煩惱，家族旅遊就成功了。

　　沖繩家族旅遊的成功，全部歸功於堂弟正貴與瑞玉夫妻，維持了旅遊品質，感恩之際，回台一定要請他吃

167

飯，我 30 多年的摯友憲華與慧燕也參加了這次活動，他喜歡我家族和樂的氣氛，他喜歡我們長幼有序的態度，徹底融入了家族中，我們兩家的兒女也非常友好，兒女們都一直問，為什麼我們能維持友好 30 年？真誠以待就是我們的答覆。

一本精美紀念照像畫冊，一份特別的禮物，一份真誠的心，溫暖了家族每一人，它無價，它讓家族之間更和樂，把家族的心更凝聚在一齊，多麼難得，多麼用心！多愁善感的我又要傷感了，正貴瑞玉，謝謝你們夫妻的用心，令人感動又感恩。

168

明年（2020）家族旅遊地點已決定到金門，因為姊夫他們一直沒去過，提議了兩年，由第三代我的兒子來主辦，他只說了一句，今年都辦成這樣了，明年要怎麼辦呀？加油吧！兒子！金門我來了！（我個人將是第十六次到金門。）

記憶美好的旅程
成鄉粉絲團2019沖繩行

我們的幸福時光

▲ 2019 年 5 月沖繩回台後的驚奇相簿。

魯菜：我的家傳年菜

　　每逢過年吃年夜飯時，總是會想起童年家中的年菜，山東家鄉味兒。遵循父親留下的往例，每年我們都到大哥家一起過年，現在的年菜都由我大嫂來張羅下廚，大嫂是韓國人，抹布不離手，家中乾乾淨淨，家裡也很有年節氣氛，但總是有點兒韓國味，使我更加想念爸爸的年菜，腦中時起漣漪，生恐兒時的年菜不見了，因為這是父母留給我最好的回憶，豈可遺失？

　　父親過去常和我講起，民國三十七年他從山東沂水帶了兩百多位鄉親叔伯隨軍來台，春節過年大家都會來到家中拜年，吃吃家鄉菜解解鄉愁，父親被尊為兄長，自然不會餓著大家，吃飯時人聲鼎沸、菜香四溢，熱鬧極了。我聽著鄉親叔伯喊父親「二哥二哥」，一直以為是「兒歌兒歌」，至今那熟悉的山東腔似乎仍在耳畔縈繞著。

　　我記得咱家在除夕三天前就開始備菜，我是廚房裡的小跟班實習生。媽媽忙不過來，會把殺雞的工作交給我，我是看過媽媽如何操作，但當我下手時，雞居然飛到屋頂上，只得追雞為先。殺了雞，再幫媽媽做年糕都很順利，但到了揉開米糰要下糖時，我的口水竟直落盆中，害得媽媽這一年都不吃自家的年糕。接著在廚房裡切蔥、和麵、打蛋、下油，陪著父親用大油鍋炸豆腐丸子，因為很多叔叔吃素，豆腐丸子燉白菜是他們的最愛。還要炸豬肉塊，我捏、父親來炸，我是好玩，父親卻認

169

為我真有興趣，一邊幹活兒、一邊告訴我山東菜的做法，他說要先炸雞肉塊、最後才炸魚，要知道先後順序，因為炸過海鮮的油就不能再用了。小幫手跟著父親還真學了不少本事。

除夕上午叔叔伯伯陸陸續續來到家中，大家吃水餃，人多量大，起初我是負責包水餃，因為水餃包得難看，媽媽就訓練我擀水餃皮，幾年下來的訓練，我擀皮的速度可供應媽媽、姊姊、叔叔三人包。這一套山東餃子的工法，到現在五十年過去都忘不了，揉麵、擀皮、剁菜、備餡、燒水，雙手捏壓、餃子成形，一秒鐘完成一顆餃子，生產線一貫作業，真神奇。不過我最懷念的，還是媽媽利用餃子剩麵做出來的小兔子、小貓。

搭夜車北上，大年初一天亮才到家中的叔叔伯伯人數更多，招呼打不完，我就被指派守住蒸籠，負責炊煮，不斷補充，給大家送上熱呼呼的年菜，送上饅頭，讓他們有回家過年的感覺，但我顧著蒸籠，就直擔心那小兔子、小貓都給妹妹吃掉了。

父親說過，所有年菜都得是蒸的，因為過年要討吉利，不能「吵」（炒）。但是到了中午，拗脾氣、當老大的父親可不管這些了，他親自下廚做了糖醋魚、宮保雞丁，端上桌讓大家嘗鮮，「二哥這味道，還真是我們家鄉的山東味兒！」讚聲四起，

▲父母親不能忘懷的山東煎餅。

叔叔們紛紛稱讚糖醋魚與宮保雞丁才是真正「魯菜」的代表，但就在觥籌交錯、挾菜品嚐的歡樂時刻，我也不時看到有叔叔伯伯在一旁偷偷的拭淚，年幼的我無法理解他們思親與離鄉的酸楚。

　　叔叔伯伯們不吃白米飯，媽媽的鍋餅、豆腐捲子這些麵食也陸續上場了。這些都是山東年菜的代表，或許在眷村可以常吃到，但做法不同，咱家老媽這些年菜可是一離鍋送上桌就「秒殺」。遺憾的是「鍋餅」我沒學到竅門，日後每次做都失敗；但豆腐捲子每次只要一說要做，哥哥都會從龍潭衝過來內湖，一次七八個立馬吞下肚，他說這是唯一留著媽媽味道的麵食。

　　時光如梭，歲月流逝，父親作古離世，叔叔伯伯們也逐漸凋零，家中不再如幼時熱鬧，姐姐又遠嫁高雄、妹妹嫁到六龜，家中日漸冷清，後來媽媽也改吃素，過年怕浪費，一切從簡，年菜也變得不重要了，但習俗仍在，包餃子還依然維持，年菜都是魚加素菜，其中有一道炒紅蘿蔔絲，不知何時也成為我家的家傳年菜。這是一位三重老鄉阿姨教的，紅蘿蔔絲下鍋少油炒，炒至絲軟油出，媽媽十分喜歡，我們卻敬而遠之、不動筷。當我邁向耳順之年後，方知當年為什麼媽媽喜歡這道家傳菜，原來山東話說「牙口」不好的人，這道紅蘿蔔絲炒爛了容易咬食。

　　幼年時山東叔叔伯伯們齊聚家中過年的熱鬧景象，我清楚地記得那熱氣蒸騰的蒸籠，還有那些教人垂涎的山東年菜，令人懷念不已。後來進劇校，放假回家也少

171

有機會進廚房幫忙，幾十年過去，山東餃子、山東饅頭、包子與鍋餅，還有糖醋魚與宮保雞丁，都時常縈繞我腦海，我總是怕失去這段回憶，但時間竟讓我漸漸對家傳年菜工法有些遺忘，總希望能找時間做些家鄉菜給家人吃，只因工法繁絮，平日多外食，年節也都無暇準備，我們曾經在外尋覓年菜，都找不到當年家傳年菜的味道，心中有些憧憬，有些想望，也有些失落，此時不由得又想起叔叔伯伯吃年菜思鄉落淚的情景，山東年菜，遠矣，真遠矣。

　　現今年過花甲的我和大哥仍努力維持的年節傳統，就是每逢過年，大年夜十二點鐘響，全家族一起拚水餃祭祖，然後我和大哥帶頭跪拜，感恩懷念，至於家傳年菜、山東魯菜，也只能永遠留在美好的記憶中了。

▲ 2019 年 7 月回老家沂水探親，見識道地的山東魯菜。

我的父親，一個平凡的偉人

　　我的父親劉德春(19？？--1984)，雖沒有甚麼豐功偉業，但是他鞠躬盡瘁呵護家人，辛苦挑著沉重的家庭擔子，又用心照顧鄰里與鄉親袍澤，這份仁義精神，就是我終身學習的榜樣。

　　在烽火戰亂的大時代裡，海峽兩岸許多長輩的遭遇，屢屢引人喟然長歎，造化弄人，父親也是這齣時代大戲裡的一角。我身為人子，最大遺憾是不知道父親生肖屬什麼？哪一年出生？哪一天生日？所以，父親一輩子竟然沒做過生日！我真是大大不肖！

173

　　父親山東沂水縣人，畢業於沂水師範學校，是沂水縣城的城防少尉軍官。抗日戰爭結束後，接著是國共內戰。一天晚上，縣城裡的老伯伯晚上來報信，他說：「德春，快走吧，今天晚上共軍就要來了，你這兩百人怎麼去跟四千人打呀，快點走吧。」於是，父親匆忙地把來不及帶走的兩籮筐盒子砲埋在床下土堆中，緊急集合部隊，就要出發，韓奶奶帶著韓叔叔來到父親面前，她說：「德春，我就把慶仁交給你了，你就把他當作親弟弟帶著吧。」誰料到這一交代就是三十多年！

　　凌晨，果真槍砲聲大作，危機四伏，父親便帶著這些山東部隊的叔叔伯伯從此離開了家鄉，部隊一路往南撤退，辛苦地輾轉到達海南島，又從海南島搭船轉進台灣，顛沛流離，從此完全與家鄉斷絕了音訊。海峽浩瀚，

故鄉迢迢，親人遠隔，前程如在縹緲雲霧中，不知何處可棲？遺憾的是，到了台灣，部隊混亂，需要重整，而窮困軍旅常出現脫軌吃空缺的現象，父親守正不阿，不願同流，便毅然決然離開了軍旅，從此落腳台灣民間，過起大隱隱於市的小民生活。這是父親親口告訴我的「口述歷史」，父親前傳。

對父親的記憶片段，略顯模糊。我只知道父親為家計鎮日忙碌著，幾至疲於奔命。我出生在萬華(1958)，在我薄弱而零散的記憶中，小時候父親常搬家，每次搬家都是軍用大卡車前來幫忙，萬華、三重、中壢、三重，繞過一大圈才固定下來，最終落腳在三重；因孩子多、屋子狹窄、不敷使用，我們自行增建，蓋房子時，也是一堆穿著軍服的叔叔伯伯們過來幫忙，一磚一瓦的砌起來，大家夥兒真的是感情好，袍澤情深。跟著父親的韓叔叔也在其中，只是他的個性一直跟其他的叔叔伯伯不合，時常與人發生爭執，每回都是父親出面代為解圍，父親雖已不在軍職，但叔叔伯伯們都敬他為兄長，仍然認為父親他們是最親的親人。

這群鄉親袍澤裡，與父親最親的親人就是我三叔。父親對叔伯親如自己兄弟，但對我三叔卻非常嚴厲，三叔玩世不恭的個性跟父親有著天壤之別，但他對父親卻畢恭畢敬，從來不敢造次；母親也常為父親管教三叔而吵架，父母對峙火藥味十足，但結局總是老媽偷偷塞車錢、保護三叔離開家門，好回到金門部隊去。平日，父親總是一直追問三叔的狀況，其實老爸訓弟嚴厲，內心

卻非常疼弟，關懷有加。

　　父親對孩子們的管教也是十分嚴謹，一板一眼，不講情面，但他對鄰居的態度卻極為和善，並時常周濟需要幫助者。從部隊下來後，父親一直都是倚靠手藝做小生意，燒餅油條店、麵食店、本省的早餐店、饅頭店，他都做過。令我印象深刻的是，每當饅頭賣不完時，父親就放上腳踏車後座木箱內，帶著我大街小巷四處去叫賣，最後仍然賣不完時，父親就叫我把饅頭送去給後巷的貧寒鄰居們，大家幫忙分食。不僅如此，為善助人不留痕跡，父親更三不五時就會騎腳踏車送袋米去萬華，接濟嬸嬸家，經常如此，長年如此，所以善良的父親就被鄰居推選為「鄰長」了。

175

　　父親對外善良，對內管教十分嚴厲，但他對我卻態度溫和，因為我自幼身體不佳、個性懦弱，遇事害怕就會躲床下，一次在小學時，聽錯了上課時間，上下午課對調，當我正往學校上課途中，同學都已踏上歸途，我害怕得不敢回家，流浪在外，夜深一點鐘，街道一片漆黑寧靜，才七歲的我無處可去，徘徊在後街私娼寮紅燈巷口的香腸攤，因為這是唯一有人煙的地方，當我正觀望中，突然間，父親從後面一把拽住我，用力抓著我手臂直往家中走，他沒有打沒有罵，到家直接安頓我睡覺，第二天醒來時，父親早已上班去了，媽媽說一晚上爸爸找了我五個多小時。

　　父親用力拽著我手臂的深刻動作，至今半個世紀過去我仍無法忘記，在導演歌仔戲「百里名醫」時，我把父

親拽我手臂的動作排到戲裡；近日到南部排練「寒水潭春夢」，我也把對父親的懷念、父子的關懷、父子感情，全都放到戲曲創作上。我想，這麼處置，讓我心靈暫時能得到些許寄託。後來長大後，一次，與父親起爭執，我大吼甩門出去，父親沒有提起，也沒有追究，那個情景太深刻了，我沒有來得及說道歉，就永遠沒有機會再說道歉了，多少年來這一直是我心中的痛。對我，父親用心良苦，不用嚴厲的方式管教，改用疏導、帶領的方式培養我的信心，改變我懦弱的個性，養成我日後面對職場的勇氣與態度。爸爸，謝謝您！

父親為了家庭在職場拚搏幾十年，積勞成疾，終於病倒，氣喘嚴重，我看他含著淚把哥哥和我送進了劇校，以減輕家庭負擔；我看他為維持家計，即使停掉小生意，仍硬撐著身體在市立圖書館工作，經常會休克，著實令人擔憂又不捨。十多年下來，家中大小全都學會會打針、急救，救護車呼叫頻繁，經常來，但到最後只能靠自己照顧，多虧韓叔叔每晚從部隊回家來幫忙照顧，是個大幫手。退休後，父親還堅持拖著病體在陽明山當管家，去工作賺取微薄的薪水，晚上回到家，就幫忙縫棉襖，日以繼夜、日復一日，總希望能夠多賺一點貼補家用。

當時剛買機車的我，到陽明山接父親回家，父親好高興，跟我聊了很多。父親經常埋怨哥哥還不結婚，讓他看不到孫子，這句話進到我的心裡，一直縈繞著；當我的雙胞胎兒子出生時，父親欣喜若狂，有多驕傲，那臉龐我始終記得。父親時時刻刻都惦記著孫子，每天幫

忙餵奶換尿布，推著一對孫子到街上炫耀，臉上總掛著一絲滿意的笑容。可惜，倆孫子出生四個月後，父親撐了十一年多的病體，還是撒手西歸，長眠於觀音山。

　　父親在我的心目中是個再平凡不過的人，但他卻是平凡中的偉人，他雖有志難伸，卻用生命圓滿了我的家，圓滿了鄉親同袍，他一生剛毅正直，不作奸犯科，他愛護袍澤、敦親睦鄰、與人為善，足為典範。父親不時鼓勵我們，吃苦當吃補，再苦都不能違法，也造就了我兄弟在三重南區家附近是唯一沒有案底的年輕人。只恨父親棄養太早，不能頤養天年，我用這些片段的記憶描述父親，實不足以表達我對他懷念的萬分之一。他的平凡成就了我的家人，今日我兄弟姊妹倘有些許成就，全是父親的身教與言教所致，走筆至此我久久不能自已，我真的非常懷念他，我的父親。

177

▲我父親與母親的合照。（年代不詳，約 1966 年左右）

尋尋覓覓，打造桃花源

　　每個人都會老，希望老人家都能得到良好照顧與安養，就如禮運大同篇所說的：「老有所終，壯有所用，幼有所長，鰥寡孤獨廢疾者皆有所養。」那是一個理想的大同社會。

　　老人福利及社會福利措施是否周延，重點在於社會的奉獻與關懷能否延續不斷，才能關照到社會各個角落，至於如何滿足社會大眾的需求，國外有許多範例足可借鏡，不待贅述。但是，從我母親癱床七年，我看到台灣社會福利的真實狀況，深感不便與不足；加上早年我曾參加義演、義賣等社會公益活動，深深感覺意義重大，生命更有成就感，因此一直希望自己也能為社會福利的健全，略盡棉薄，可以洗滌人心，安撫人心，自己也可從中得到寧靜與快樂。所以，我當了老師之後便帶著學生，一起做公益，一起關懷老人，共同創造一個現代桃花源。

◯ 帶著學生關懷社會，做公益

　　劇校生活制度嚴謹，學生一天要上十二節課，非常疲憊，極少接觸社會，對外界大多漠不關心，心理輔導也不夠健全，造成部分學生態度與行為偏差。自從民國83年歌仔戲科創立以來，畢業學生已十多屆，大多數進入職場，也有許多人回歸社會，在他們身上我看到人與人關係疏離，更遑論社會關懷與公益的推動了。

民國 100 年我接任中一丁班導師，招考進來的學生有李瑞丹、洪繡村、沈歆彤、林玉純、洪鈺晴、胡欣亞、梁慈軒、蔡雨芹、鄭奕瑄、黃羿馨等 10 名，郭品妤、鄭郁潔是從京劇學系轉過來的，升上高一時又有陳靖萍從屏東外校插班進來，所以共計 13 名學生。

這些來自不同的家庭的孩子們，個性更是南轅北轍，加上青少年叛逆期有些極度極端，有些卻又非常懂事，教導管理他們需要非常專注，因為他們花招百出。所幸進入高中後，幾位較有正義感的同學維持住了秩序，讓我稍有喘息機會。很快的六年過去了，高中即將畢業時，有鑑於前面畢業學長的例子，思考後，我勸導他們可以改變歡喜畢業、自我慶祝的心境，轉而去關懷社會，但這群學生每每有活動都會有無數的理由拒絕，因此要出去關懷社會確實有困難。

所幸班長鄭郁潔熱心服務，每次活動前都苦口婆心的規勸並鼓勵，漸漸得到同學的支持，終於大家要踏出第一步，為社會福利而演出了。由於畢業公演加上平日課程很滿，有時還要上街頭籌募畢業演出基金，所以學生們只能利用星期假日支援福利演出活動。

◯ 送愛出去，自己也受益

有個星期六，我們到龍潭養老院，從下公車的那一霎那，他們聽到老人們講家鄉話、客家話、台語，南腔北調，什麼都有，甚至有些行動不便者還重聽等等，幸好他們都聽得懂國語，溝通無障礙。學生們先陪爺爺奶

179

奶們做盆栽、聊天，希望他們不覺得枯燥乏味，學生還發現有位爺爺的毛筆字寫得好漂亮，第一次接觸，像是場震撼教育，但很有收穫，學生們都很慶幸參加了老人服務活動，第二天星期天，學生們又主動來到龍潭，繼續當志工，甚至還希望暑假也要再來陪爺爺奶奶們，教人欣慰。

我們前前後後去過四個愛心單位當義工，學生們在做社會服務、付出的同時，其實受惠的正是他們自己。值得一提的是榮光育幼院那場「送愛演出」，學生們看到了不同於自己的孩子與生活環境，馬上有了同理心；榮光育幼院小朋友活潑有禮貌，他們要做非常多的事，卻都沒有怨言，學生們心有所感，也更懂得惜福了。表演結束時，院長希望他們能再去演出給小朋友看，離開時學生們都紅了眼眶，也期許自己還要再來。

在沒有安排公益演出活動時，學生們也會整理身邊多餘及不用的物品、衣物，由我開車帶著郁潔班長，把大家的愛心送到木柵景明街 16 號 1 樓台北市心理復健家屬聯合協會。這些默默行善的義舉，雖然沒有受到學校重視與嘉許，畢業典禮當天這班的同學和我都哭得淅瀝嘩啦，我們內心很驕傲，因為我們做到了，我們懂得付出關懷，我們成長了，社會因為有我們而更溫暖進步了。

這班上同學的一小步，卻是他們人生的一大步，我們只略盡棉薄之力，卻得到了許多掌聲的鼓勵與迴響，這批同學進到大學後，相信面對社會態度會改觀。我把帶學生做公益的舉動向友人提起，沒多久他們也進行了

180

「飛翔計畫」工程,是影響、是擴散、是模仿都不要緊,重要的是:願意做公益,願意關懷老人小孩,共同來創造一個現代桃花源的,越來越多了。

◯ 飛翔計畫幫助少年,愛在擴散

　　好朋友周岱陽是「飛翔計畫」發起人,他們是一群有熱忱的年輕人,個性相投。周岱陽十歲那年家庭發生變故,十二歲住進廣慈博愛院,一年後透過世界展望會進入寄宿家庭,成年進社會後,他一直希望能為像他當年一樣徬徨的小孩做些事,幫助孩子們飛翔在藍天。組織完成後隨即展開行動,他們的福利活動是針對育幼院,依育幼院需求先溝通,了解後向社會募集生活必需品,直接送到育幼院。在育幼院的交流活動,還增加帶動遊戲及兒童劇演出,既撫慰了兒童身心,也達到他們福利計畫的成效。每一場活動他們看到院童歡笑的臉龐,獲得非常多的掌聲與鼓勵,讓「飛翔計畫」工程豐潤了那些小朋友的羽毛,希望用戲劇注入孩子的心田,讓他們未來飛翔的翅膀更堅強有力。

　　愛的行動會擴散,我帶了許多年的雜技學生張峻凱,近年也悄悄展開了社會福利演出活動,他當兵時參加反毒大使團,到全國各啓智學校、安養院演出,經驗豐富。他說:「這些人雖先天上有缺陷,讓他們無法在社會上正常生活,但是他們的內心卻非常希望得到關懷,因此我跨出這一步,用我的專長雜技帶給他們歡笑,希望用自己微薄的力量,用短暫表演的快樂時光讓老人忘記身上的病痛。我個人財力不足,所作範圍有限,退伍後我仍

181

將持續，社會關懷送愛活動。」我知道張峻凱先後去了好多地方：宜蘭三星伊甸教養院、南澳弘道仁愛之家、三峽春暉教養院、畢士大教養院、花蓮萬榮偏鄉、景仁教養院、八里教養院、八里殘障教養院、苗栗幼安教養院、華嚴啓能中心、永和永康老人養護中心、板橋海山護理之家，另外還有與天使共舞特教班公益講座⋯⋯等等，峻凱一直持續進行著社會關懷送愛活動。

◯ 從尋覓桃花源到打造桃花源

記得民國 95 年表演工作坊與明華園合作，以歌仔戲的形式呈現，當時賴聲川導演對我非常禮遇，不給我壓力，讓我自由發揮，結果我排出了風格不同的「桃花源」，因爲我嚮往桃花源，我寄託生命目標於「無爲、無志、無煩惱」之上，我喜歡桃花源，我愛桃花源，於是我不斷的「追尋」桃花源，呼朋引伴地一起「打造」桃花源。

尋尋覓覓，尋找桃花源，非常歡喜，我發現社會處處有溫情，週邊的好朋友、我的學生，他們關懷生命的行動力，遠遠超過我，原來大家也都看到了社會這一環節仍待補強，我看到他們努力讓福利活動發酵，德不孤必有鄰，深感慶幸。看著學生長大進入社會，總希望他們能更好，在社會福利活動中證明了這一切，持續共同努力打造安和樂利的社會目標。我相信：有此方向與目標，就不怕路途遙遠了。我尋覓的桃花源是越來越近，越來越清晰了。

▲2019 年 9 月飛翔計畫在街頭。

▲2019 年 9 月飛翔計畫義賣。

我要成爲哪樣人？
我不要成爲爸爸一樣的山東人

　　我是誰？我是劉光桐（劉同貴），一個山東人、來台軍人子弟第二代，一個傳統戲曲從業人員。我攬鏡自問：我要成爲哪樣人？樹有根，水有源，我就循著父親的腳步，從山東老家尋訪山東人的生命足跡吧。

　　當民國 73 年（1984）父親走完他的人生旅程，長眠五股觀音山之後，轉眼之間，30 年都過了；但我耳畔，卻常縈繞著幼時父親的山東鄉土味兒口音，不斷的耳提面命、諄諄教誨，字字句句清晰得言猶在耳。父親在的時候，常思念故鄉，更不時提醒我們，莫忘老家的親人，因此老家的點點滴滴，總在耳邊響起，不論環境多嘈雜，我都聽得到父親叨叨唸說著：「我要回大陸。」

◯ 山東旅遊，尋找山東人的身影

　　父親念茲在茲，想念山東老家，母親也一如父親，想要回老家。25 年前（1994），我有個機緣，第一次陪同母親回山東，但老家只待了一天，就出差北京上海。如今年過花甲，哥哥在耳邊唸了近十年，要回老家走走，前年退休就要求我帶他回老家祭祖，完成父親的心願。終於，今年編整組織完成旅遊團隊，團員有我劉家兄弟姊妹 4 人，連同妹夫、昭如及姊夫一家三兄弟、再加上來台第三代三位年輕帥哥，一行 12 個山東人，準備返鄉

探親尋根，山東沂水，我們回來了。

　　此次山東行，是以旅遊方式遂行探親之實，目的是要讓年輕人了解，這是我們的根，尋根探源就是此行宗旨。整裝待發，前期協調，要跟大陸親人報告行程，但山東家鄉方言的土腔，幾乎無法溝通，攏聽嘸。姊姊念鄉曾到大陸旅遊過，哥哥富貴則是第一次踏上大陸土地，妹妹秀琴與妹夫純文曾到過多國旅遊，但也是第一次到大陸。哥哥非常興奮，一路上情緒非常嗨，精神奕奕，充滿興奮與期待。

　　一行人終於安抵父親的故鄉，7 月 10 日飛機降落在徐州，接待的地陪人員也姓劉，登車後一路往上走，先到雲龍湖、彭祖園、名人館；彭祖園有山有水風景不錯；雲龍湖的風景更美了，最近升級為 5A 遊覽景區；名人館的名人塑像都在外面曬太陽，不過室內都介紹的很清楚，在館中看到姓劉的在歷代皇帝中還真不少。來大陸之前，哥哥去找族譜，卻發現姓劉的原民來自四川，可考不可考，不知。

　　晚上夜宿在我一直仰慕的台兒莊。台兒莊是座運河邊的古鎮，坐落於山東棗莊市，是抗日戰爭的戰勝名城，原已被砲火摧毀，為紀念抗日戰爭勝利，中國官方依據照片及圖片重新修建完成，頗有中國風味，這台兒莊戰爭名城一重建成功，造成旋風，也讓其他省群起效尤，蔚為風潮。我們一行人坐畫舫入城，安排住宿後，城內散步，小商店林立，商業氣息頗重讓我煩躁。改用心去觀賞文化，發現到城內中國建築美得不得了，走到城邊

185

發現一處抗日戰士的遺骸，讓我肅然起敬，原來當年修城許多的遺骸仍在地下，台兒莊大捷我軍傷亡 5 萬人，日軍傷亡 1 萬人，傷亡的戰士們為國拚戰犧牲的精神，真的令人景仰。

7 月 11 日晨再次漫步台兒莊，發現城邊的京杭古運河碑上記載，世界旅遊組織譽為「活著的運河」！而台兒莊則是民族精神的象徵、歷史的豐碑。接著驅車前往曲阜，至聖先師孔子家，孔廟、孔府、孔林，是中國儒家思想發展的地方，也是世界各國最景仰尊崇的地方，古木參天、雕樑畫棟、建築宏偉、規模宏大、保持完整，現為世界文化遺產，一磚一瓦、一草一木都保護得非常完好，唯部份人民文明程度不夠，不知珍惜，令人惋惜。

7 月 12 日我們登泰山，由於團中老人居多，因此選擇了坐纜車上山，「登泰山而小天下」，泰山地理位置非常好，華北平原盡收眼底，玉皇頂是泰山最高峰，泰山海拔 1545 公尺，整座山峻峭傲然，雖沒有台灣玉山 3952 公尺高，但是因為古代君王都要來到泰山封禪，也就是在此祭天，祈求國泰民安，故而被譽為「活著的世界自然遺產」。近年中國人環保意識抬頭，這裡環境管理得非常不錯，只是小商店林立，美中稍有不足。當天夜宿青島市，看到膠州灣大橋好宏偉壯觀。

7 月 13 日遊青島市，觀賞棧橋、天主教堂外觀、小魚山景區、奧帆基地，棧橋位於青島市青島灣內，其主要建築是橋頭的「迴瀾閣」，天主教堂是德國佔領青島，1908 年時的建築，被稱為「德國禮拜堂」，站在小魚山風

景區山頂上可看到青島「紅瓦綠樹、碧海藍天」市區風景，奧運帆船基地爲奧運帆船賽的首選城市，奧帆基地連接五四廣場，西側有青島奧林匹克主題公園，海風吹來涼爽，看著帆船出港暑氣全消，海闊天空美麗景致，值得一遊。

　　7月14日遊青島啤酒廠、八大觀、花石樓外觀，青島啤酒廠是中國第一大啤酒廠，試喝啤酒口味很讚，泡沫潔白細膩、味醇柔和，這是哥哥他們說的，不喝酒的我，哪裡知道味道如何？幾位愛喝酒的長輩很喜歡這裡，因爲無限量免費。「八大關」多爲中外商人居住，同時也看到蔣總統中正的避暑別墅，海邊風景佳，唯獨現在也受綠藻的侵害，一群工作人員清理不完。「花石樓」亦在八大關景觀別墅區內，是一棟融合了西方建築風格的歐洲式建築，既有希臘和羅馬式風格，又有哥德式建築特色。

○ 我不要成爲爸爸這樣的山東人

　　高速公路上飛馳的車子，五味雜陳，玩心收斂，我們好像遊子返鄉，心中的期盼與焦慮，急切的想飛奔回陌生的故鄉。5月聯絡沂水親人，得知姑姑仍在世，興奮之餘通知妹妹，我們要快點回去父親的故鄉。

　　此行山東省親由我主辦並任領隊，出發後「成鄉粉絲團」天天都會接到台北子女傳來的慰問訊息，台北親人的關心令我們深感欣慰；但爲了團中長輩吃的好、住的好、走的少，眞是煞費苦心；籌備階段也是問題重重，到了

山東我仍然擔心著每一站的吃住問題，所幸大家都非常滿意，昭如也一路當小丑湊趣逗笑，娛樂大家，使氣氛不致尷尬，也化解了許多糾紛。當大家快樂旅遊時，我心忡忡，沂水的其他親人我找得到嗎？雖然數度連絡，但語言不通，電話中雖都交代清楚，但我真的沒有把握。在青島啤酒廠我用地陪劉先生的電話連絡了沂水姑姑家人，由劉先生代言，對方聽懂了，我才稍稍放心。

　　7月14日中午離開青島，往故鄉沂水出發，高速公路上遊覽車行進的很快，在車上我發現笑聲漸漸稀少，幼時父親常說的城市地名莒縣、諸城、萊陽……在高速公路的牌子上一一出現，彷彿父母親又出現在我的身邊叮嚀，情感糾結的我忍不住偷偷哭泣，忍住淚水回頭看妹妹的臉色也凝重，我知道兄弟姊妹的心情是一樣的凝重。地陪劉先生的電話突然響了，轉給了我，沂水姑姑家親人急了，今天就要接我們到家中去，正在討論時，姊夫決定一車人全部過去；電話再響，約定下高速公路後，在市區半路上由他們用車接應帶路，順利的接洽上了。沂水樓房多了，跟25年前完全不一樣了，我沒有任何印象，姑姑劉洪彩，住在沂水縣許家湖鄉莊家營村，我的天哪，沒有巷弄門牌號碼，車帶路到了一條小路，遊覽車進不去，一行人下車往內走，若不是他們帶路，我絕對找不到。

　　由帶路車中出來的是年輕人我不認識，他介紹是我的表妹夫劉斌及表妹阿杰。一群人近鄉情怯走得很慢，只有我快步向前接洽，相互介紹後驗明正身，終於找到了。

一行人，魚貫進了大門，庭院不大，左邊種辣椒，右邊圈養雞隻，先見到的婦人就是表嫂，進客廳見到表哥，表哥中風 12 年，不太能動，坐在沙發上。妹妹一進門就抱住表嫂崩潰痛哭，在氣氛渲染下，兄弟姊妹全都哭了；寒暄過後才知姑姑不住這裡，老人家住在後巷中，有專人照顧，我們立馬起身往後巷走去。見到一位白髮老婦、小腳杵著拐杖、又有人扶著，在轉彎牆角線上慢慢走動，身影好熟悉；我衝上去大聲叫姑姑，姑姑 90 歲有些健忘，看到我過去握著她的手，眼神中她好像知道了姪子侄女回來看她了，又是一場哭，兄弟姊妹簇擁著姑姑，坐在家中一直對姑姑講話，她的眼神漸漸亮起，指著姐姐叫出名字：「念鄉」，我們好驚訝：過去姑姑都是看照片，這是第一次見到姐姐就叫出了她的名字；接著叫出「富貴」，指著我說這個我見過，說妹妹好漂亮，又說妹夫有文化，妹妹指著我說：這裡有一個比他有文化，姑姑直接說我比他差一些，姑姑這番話引起哄堂大笑。

189

▲ 2019 年 7 月赴大陸探親，父親的妹妹 -- 我的姑姑高齡 90。

　　見到親人，話總是說不完，看到姑姑，立刻連絡上基隆的堂弟正貴，他衝回家找到三叔，立即展開視訊。姑姑與三叔姊弟倆在視訊中見面，姑姑指著手機畫面中的三叔，叫著他的名字：「德欣」，三叔立馬崩潰，姊弟情深，姑姑指著三叔說了很多，三叔也哭著講了許多，90歲的姐姐、88歲的弟弟，身隔兩地，對著平版頻幕對泣訴情，在場的親人無一不動容落淚；我們深怕三叔承受不住，主動停止了視訊。講明了行程，離開了姑姑家，聯絡正貴，原約定明天再視訊，正貴卻否決了，他說：「三叔視訊後奔回到房間，由下午三點一直痛哭到晚飯才出來。太慘了，怕他身體受不了，得取消視訊。」當天夜宿東方瑞海國際渡假村，劉斌家就在東方瑞海國際渡假村後面，是棟別墅，如果不是領導階級絕對是沒有能力住這樣的住宅，我們沒有去追問階級，夜談非常愉快。

　　7月15日正式展開母親趙家與姊夫家的探親活動。遊覽車駛入了農村小路，黃山鎮柳泉村，一度找不到路，電話連絡，指明路徑來到村中球場，球場上停了幾部車，下車後陸續出現來接洽的人，姊夫那邊的親人他都認識，我主動說我是趙家的，親人也都陸續靠攏上來主動介紹自己，終於全部連絡上了，馬上出發去四姨家。農村的道路非常小，都濕漉漉的，十分泥濘，應該是雨水剛沖刷過的關係；路過一座石牆，表妹趙其花介紹，這是大姨住的地方，也是我媽媽出生的地方，忍不住我們四人多看了幾眼；進到四姨家，跟過去不一樣，在新屋旁老屋仍然在，現在變成倉庫，空地變菜園，種的是零星的青菜。一位佝僂著背的老婦人抬不起身體，攙扶起後，

哇!好像媽媽呀。至親見面,話總是言猶未盡,親人一批批湧進來,昭如幫忙建立了聯絡管道,再到表弟趙其國的家中準備祭祖,他先拿出他尋覓多時才找到的趙家家譜。走在祭祖去的泥巴路上,親人拿著紙錢祭禮陪伴一路走著,見到姥爺姥娘(外公外婆)的墳,媽媽當年返鄉為他們立碑,今天我們才能有個清楚的祖塋可祭拜,斟酒祭拜磕頭,姥爺姥娘,外孫來看你們了。

中午姊夫家李姓、姊夫媽媽家郭姓、姑姑家莊姓、媽媽家趙姓、我們劉姓共五家近 200 人齊聚一堂在金仕頓酒店聚餐,四姨總是我們的焦點,席間把酒言歡,相互交談、介紹、敬酒、擁抱、攝影留念,大家知道時間短促,都非常珍惜,酒席過後,親人無不落淚互道珍重,又是一個難過的場面。

跟姊夫兵分二路,表妹夫劉斌跟表妹阿杰早準備好車,接我們回到莊家營姑姑家,姑姑早等在客廳沙發上,興奮的她精神很好,講出:「當年二哥(父親)對我最好了。」姑姑也解開我的許多疑問,原來劉家是大戶,爺爺是大廚師,到處去辦外燴(台灣人說的「辦桌」);父親官階不低,原來是團長,駐防沂水縣城,當年父親不想拋棄爺爺奶奶而不願隨國軍撤退,是奶奶硬逼父親離開;因為父親是國民政府軍官,是黑五類會被整肅,無奈之下,父親留下一袋「袁大頭」給奶奶,希望奶奶可以不受飢寒,但這些錢卻被大伯拿去,奶奶她們始終沒有用到,因此更加深父親對大伯的不諒解。在台灣,三叔曾提過父親跟大伯不合是因為不孝,老家位於沂水縣城正中鬧區,

徵收的費用也被他們拿走，後來因為怕被整肅，大伯他們全都搬走。小杰說：「他們，僅僅過年會偶而回來看看，都未留下連絡電話。」

　　祭祖，我們這趟回來探親最重要的重點活動，祭拜劉家的祖墳。我們搶在下雨前，道路泥濘，走在一片桃子園的泥土小路上，無心觀賞桃子，一直回憶當年陪媽媽回來不是這樣光景；很快的到了，哥哥見到墳，再也壓抑不住情緒，叩拜時哽咽的向爺爺奶奶說，回來祭拜是要完成父親當年的心願。紙錢燒得很旺，跟心情一樣澎湃，希望未曾謀面的爺爺奶奶能收到，保佑海峽兩岸的劉家後裔平安。稍感欣慰的是，父親故去 36 年後，我終於讓在台灣劉家第二代完成心願，回到山東認祖歸宗，祭祀爺奶，彌補父親畢生的遺憾。

　　晚上劉斌送來許多禮物，請全家在東方瑞海國際渡假村吃飯，16 人的大桌超氣派，豐富的菜餚有些驚嚇。姑姑表哥都來送我們，姑姑今天胃口很好，吃煎餅，90 歲牙口還非常好，好驚訝，表哥就坐不住煩躁，因為不能抽菸，席間老人家們先離席回家，看著姑姑離去的背影，我又哽咽落淚了，這一離去不知何時才能再見到姑姑？好傷感，當夜我沒喝多少酒，但我卻醉了，我很清楚自己的醉，親人離別的滋味，相信當年父親心情一定比我此時更難過無數倍。這也就是昭如始終不瞭解，為什麼四個年過 60 歲的人，可以跟從來沒見過的親人，哭成這樣。晚間，哥哥妹妹再赴劉斌家中夜談。得知當年三叔帶三嬸回鄉探親，三嬸見到小杰一直看她的項鍊，三

嬸毫不猶豫拿下項鍊掛在小杰頸上，這一幕小杰一直記著。

7月16日臨別，劉斌、小杰及她的兒子都來送行，小杰止不住眼淚，再三叮嚀禮物要送到三嬸那裡，並希望下次帶年輕的兒子再次回鄉探親，擁抱再擁抱，叮嚀再叮嚀，探望摯親的活動即將畫上句點，看著小杰哭紅的雙眼，不捨地揮手離去，直到看不見他們。車往徐州出發，車上異常的安靜，無人出聲。

父親一生盡忠盡孝，青壯時離鄉背井，流離顛沛，卻什麼都沒有獲得，他甚至在海南島戰事中，子彈射入臀部，一直未開刀取出來！父親因不願在部隊中同流合汙，提早離營，最後連戰士授田證都沒有拿到，母親長年的埋怨，想來是有理由的。為了我們幾個孩子，父親沒有傲人的成就，但他盡心盡力、鞠躬盡瘁，直到最後一刻，都還惦記著家裡，惦記著老家。他的精神毅力成就了我們的未來，但他自身，卻未能有一個圓滿的結局。秉承山東人的精神，父親剛毅不屈的韌性，咬牙匍匐前進，顧家愛家也愛國愛人，他成就他人，從不考慮自己，父親是我們的生命典範！但我不要成為父親這樣的山東人，我要利用父親送我進劇校，灑下的這顆創作種子，努力發揮，讓他的精神傳播在我所創作的每一齣戲劇中，導引社會大眾，讓每一個人快樂，生活都色彩繽紛。

193

▲2019年7月赴大陸探親，見識到山東魯菜真風采。

▲2019年7月赴大陸探親，姊兄妹及堂弟合影。

我見我思我感，我導《寒水潭春夢》點滴

　　民國 79 年，我離開培育我 22 年的京劇懷抱，隻身投入歌仔戲，部分長官、同事、同儕在背後謾罵、汙辱、恥笑，說我的離去將無法在社會生存。那時，我跟陸光藝工隊大隊長鍾立華約定，20 年後來看誰還在社會生存？

　　將近 30 年了，這樣的離團過程，我一直銘記在心，也成了我日後在拚戰導演的毅力與堅持動力來源。我曾幫忙明華園歌劇團非常多年，孫翠鳳從改行小生開始，我一路幫她設計導演，每一齣戲的人物個性、戲曲動作，都不一樣，創造了非常多的優良紀錄。歌仔戲界及媒體都在傳說：有一位外省囝仔在幫明華園歌仔戲排戲！外省囝仔，那就是我。明華園成功的例子讓我省思，歌仔戲要提升才有出路，因此我再次選擇幫歌仔戲作提升。一次巧合與秀琴歌劇團展開了合作。第一齣戲是民國 94 年由王友輝教授編劇，由我執導的《范蠡獻西施》，後來相繼為該團導了幾齣戲，我執導了 102 年的歷史劇《大唐風雲》、104 年穿越劇《囍事雙飛」、105 年宮廷劇《蘇乞兒》、106 年奇幻愛情《忘情水》、107 年金光劇《喚魔香》、到 108 年社會真實劇《寒水潭春夢》。

　　民國 108 年 7 月 5 日至 7 月 7 日秀琴歌劇團正式在高雄大東文化藝術中心上演壓軸的好戲《寒水潭春夢》，由國立中正大學中文系教授王瓊玲老師跨界融入小說創作與戲曲藝術，開拓出歌仔戲創新的演出題材。秀琴歌

195

劇團，向以美聲演出深獲觀眾喜愛。107 年 8 月 16 日《寒水潭春夢》展開第一次前置作業時，我從台北風塵僕僕的坐高鐵前往台南高鐵站的 STARBUCKS 咖啡廳見面，終於見到了偶像王瓊玲教授，她非常和善可親，秀琴劇團團方派出了米雪及張心怡，四人展開第一次的前置晤談，設定劇本演出方向及維持該團美聲特色，於是高雄春天藝術節重點壓軸節目《寒水潭春夢》正式展開製作。

陸續一年的製作，經歷了大東讀劇、幾次排練驗收修正、正式演出驗收，跟舞台技術人員南北開了十幾次技術會議，當戲曲導演，真不容易。喜怒哀樂、舞台程式件件要能貫通，是位解釋和創造的藝術人。初接劇本時，內心百味雜陳，真人真事，深怕無法表現出更生人良山先生勇於面對過去錯誤，無法表現出認錯贖罪的精神與勇氣，多次夜中失眠，輾轉難眠，總希望能為他的勇氣找到出口。

劇團特色在唱腔，在「寒水潭春夢」創作過程中，我必須同時運用兩種解釋途徑：一、聽覺的解釋，二、視覺的解釋。就因為這兩種解釋，才能維持秀琴劇團這幾位唱將濃厚的美聲，拉鋸戰中，視覺解釋總是超越了聽覺解釋的功能。太多次的修整後，總算拉近了彼此的距離。同時拉近了劇中父子的感情，更拉近了演員與觀眾的感情。

值得一提的是整齣戲的節奏，不同於我過去的手法。劇場的節奏自有其特殊性。歌仔戲的節奏亦是非常特殊的，常常因節奏而使劇情千變萬化，但這次的節奏我放

緩了，我希望觀眾品味聽覺的美與視覺的饗宴。這齣戲的主角是這對父子，面對人生的衝擊，面對人性的特徵，他們的勇氣成為劇中一切藝術的基礎，我把過去對父親的懷念與感情移植到了劇中，我希望這份感情存在於接續而至的事物中。我不能因節奏而失去感情，每次排到劇中某件事件中，受到演員牛姑（團長張秀琴）的演技感染，數度哽咽到無法自己。良山的故事，雖然無奇，但他卻深深縈繞在我的腦海，深刻、深刻。

　　在台南歸仁劇團的總部，一間沒有冷氣的大倉庫，夏日炎炎艷陽高照，大家頂著攝氏 36 度的高溫排練，反覆的修正，團中演員對我的要求從不打折扣，各個抖擻準備上場。《寒水潭春夢》由張心怡飾演主角「良山」年輕時，要演出年輕老實又自閉、不善表達又靦腆的個性，殊實不易；而出獄後的中年「良山」，則由團長張秀琴飾演，著重於呈現其出獄後如何飽受內心煎熬、悔恨與痛苦交疊的境況。同時秀琴團長也同時飾演年輕良山的父親「水源」，藉由一人同時分飾父子二角，除了使角色有時空的連結性外，更可以讓觀眾看到演員於不同角色肢體表現與心態揣摩的差異。值得一提的是，牛姑團長每次讀劇與排練，都是哭得無法自己。悲慟及悲憫的春花母親所展現出的大愛，原諒了弒女的兇手，飾演春花的媽媽也是我最敬佩的演員阿春姊，她把這一腳色詮釋到無懈可擊。團員看到深度的感情表現時也都會哽咽躲到一旁，王瓊玲老師也數度到排練現場為大家加油打氣，這是她故鄉的故事，善感的她看排練就哭掉三包面紙，演員張心怡立刻送上兩包衛生紙，排練結束又用掉了半包，

197

旁邊的垃圾袋中，盡是拭淚的滿包殘餘衛生紙。

在這次創作中必須提到的是《寒水潭春夢》中這批辛苦的年輕演員，看到她們拚命的學習精神非常感動，每次的創作總希望帶給年輕歌仔戲演員一些新的動作讓他們藉戲練功，平日忙碌的演出工作，造就了他們沒有多餘的時間尋求新的戲曲知識，總希望多給些功夫讓他們在排新戲時能再多學，這批年輕人求知若渴都很努力，向心力非常強，在倫理上亦知分寸，非常優秀。螺絲釘的功效讓他們在《寒水潭春夢》中努力的精神，值得為他們喝采。

《寒水潭春夢》劇中採用了台灣風土民情、傳統習俗，像是如婚俗禮儀、建醮古禮、過火科儀、類似於台灣中部「送肉粽」的喪葬習俗等，我很小心地點到融入劇情發展，並搭配整體歌仔戲身段唱腔，除演繹父子親情、友情與愛情難解的纏繞糾葛外，也深入探索人性的本質及人情冷暖。更搭配特色音樂及劇場效果，希望在這次讓大家看見不一樣的歌仔戲，也認識持續求變求新的歌仔戲。

一次次的練習折騰、一次次的修正改過、一次次的細膩提升，終於修煉成功，108年7月5日秀琴歌劇團正式在大東文化藝術中心演出「寒水潭春夢」，7月2日我就已進入劇場跟技術人員工作，以最快速三天搞定燈光、音響、影像、舞台設計、舞台美術、特效節奏、換場速度，這些還好都是在前置的技術會議中詳細的表述我的創作方向及一再提醒，才能快速而條緒不亂的完成，彩排當天錄影團隊又加入了，壓力達到滿點。

　　當舞台大幕升起，音樂緩緩奏起，緊張的我一直在後台拜劇團壓台的田都元帥，請田都老爺保佑大家順利，「寒水潭春夢」能演出成功。內心中一直希望真實的良山能來看戲，但這是我的奢求，來這裡看到自己過去犯下的錯誤，那是需要多大的勇氣。我請王瓊玲老師致謝幕詞，她說怕會哭得說不出話來，又推回來讓我致謝幕詞；自從不當演員後，我當導演，一直讓演員在台上發光，從不上台多講話。「寒水潭春夢」是我第一次上台在謝幕時正式主持致詞，我很緊張，一天中不斷的反覆背稿，我不是怕記不住謝幕稿詞，我是怕講的方式不得當，攪了這齣戲的氣氛。

　　即將謝幕時，瓊玲老師到後台準備，她哭腫了雙眼說：「良山阿叔他三天都會來現場看戲。」這句話讓我更緊張了，帶著哭泣的瓊玲老師出場謝幕，我感覺到聲帶萎縮、腿在發抖，艱辛的演講，斷句忒多，這樣的說法氛圍反而使在座的觀眾哭得很慘，瓊玲老師也哭得更慘，哭到妝都花了。7月6日後台再度遇見，瓊玲老師私下對我說：「良山阿叔昨天從劇場一直哭到飯店，看到這齣戲把他內心的罪惡再次地挖掘出來，他非常的傷心痛哭流涕。」7月7日瓊玲老師再轉述，良山阿叔哭著對她說，「看到演良山的演員跪在火路上時，他感覺得到了救贖，身上的罪惡感全部消失，得到了解脫。」此刻的我再也憋不住了，跟著瓊玲老師哭了，是欣慰、是感動、是疲勞、是壓力、是釋放，我不知道。

　　正如同謝幕稿說的：感恩、感激、感動、感謝。每

一個人，每一個故事，都是一本傳記。故事情節源自於生活，眞人、眞事，《寒水潭春夢》再次觸動社會大眾更深的感慨。感恩春花媽媽的寬恕以及良山先生再度面對社會的勇氣，帶給我們正向思考。情到深處、哭到「燒聲」，代表像良山這樣的更生人有勇氣走進社會，我們是否應該伸出雙手擁抱他們？

　　退休在美國的名丑角吳劍虹老師曾說：「光桐，當年你離開得對，要不然你今天也就是窩在劇團的小團員而已。」我很慶幸老師們的栽培，讓我學習到了戲曲導演的眞功夫，能把我的理想與思想排到我的戲曲創作中，讓我能快樂地揮灑創意，讓更多人享受戲曲，內心感謝專家給予的意見，感謝編劇瓊玲老師的提攜，感謝團長牛姑與米雪跟團員以及技術人員的包容，加上樂齡寫作班的老師和同學，謝謝你們的支持與觀眾的加持，而我身爲導演必須具備銳利且深邃的觀察力，在人生經驗中去廣泛的攝取材料，以作爲日後創作的依據，希望《寒水潭春夢》的成績不會讓你們失望，也希望大家爲良山先生勇於面對過去犯錯認錯的精神與面對社會的勇氣，起立鼓掌喝采。

▲ 2019 年 7 月高雄「寒水潭春夢」公演發表致謝幕辭。

▶ 2019 年 7 月高雄《寒水潭春夢》演出劇照。

【附錄一】
寫作要領與步驟

/ 王素真老師

○ 一、前言

文字是表情達意的工具，能有良好而充裕的能力駕馭文字，不僅對增進生活情趣有助益，更是個人修為與涵養的重要指標。

寫文章就從字而詞，由詞而句，由句而段，以至篇章，是一字一句累積而來，也需要日積月累的功夫，沒有捷徑秘笈，但卻可以訓練。我筆寫我口，我口說我心，只要把心裡所想的，用嘴說得清楚又通順，就可以化為文字，成為可讀的文章了。

當我們願意嘗試寫作，也能滿懷興趣，以欣賞品味的態度去學習時，堅持目標，時時努力，相信多讀、多想、多寫，一定可以在寫作上有好成績表現的。

○ 二、三管齊下學寫作

多讀：

古文、今文、報刊雜誌，讀多了、記多了，思想浩瀚，語詞自然豐富，提筆便可如行雲流水，文思充沛。再者一勤天下無難事，勤能補拙。平日能用心記錄閱讀心得，或蒐集有興趣的資料，用筆記本記錄、剪貼留存，下筆

時就能旁徵博引，左右逢源，而不致巧婦無米可炊了。

多想：

文學是生活的反應，離開生活即無文學。對生活周遭種種事物，若能留意觀察、細心體會，可培養敏銳的感受力。學而不思則罔，思而不學則殆。對日常生活中觀察所得要用心思考，感受其中興味，更要跳脫主觀見解，設身處地融入其中，能多方運用比擬、聯想，擬情，敘事訴情必定更吸引人。

多寫：

發表是吸收的利器，寫作可表達思想與情感，多練習寫作，就從自己身邊著手。寫日記或隨手筆記都是很好的寫作習慣，只要持之以恆，日久自可豁然貫通，得心應手。

203

○ 三、七個步驟來寫作

作文如建築，要有藍圖，按圖施工，按部就班完成。寫作也有一定步驟，循序漸進，才能完成作品。倘若胸無定見、毫無組織、沒有章法，胡亂塗鴉，怎能寫出好文章呢？

1. 審題：認清題目意義。
2. 立意：建立中心思想。
3. 構思：打開思路，蒐集資料與剪裁。
4. 佈局：依綱要安排全文段落與分段。
5. 敘寫：逐段鋪寫，段落銜接。
6. 修飾：一般文辭的修飾。
7. 校讀：自我品賞與診斷。

◯ 四、時間安排

依個人寫作計畫或時間規範而定，構思、寫作、檢查均納入時間中。大約以百分之十的時間作思考——審題、立意和構思，以百分之八十的時間寫作——佈局、敍寫和修改，最後保留百分之十的時間作校讀——自我鑑賞和檢查。

假設有一百分鐘時間，預計完成一篇一千字的文章，那麼，花費十分鐘來審題、立意和構思，八十分鐘來佈局、敍寫和修改，最後還有十分鐘可以校讀檢查。

◯ 五、結語

曹丕曾說：「文章，經國之大業，不朽之盛事。年壽有時而盡，榮樂止乎其身，二者必至之常期，未若文章之無窮。」寫文章確實是可以永垂不朽的盛事，我們能夠透過文字紀錄，為人生留下生命的精采紀錄，是多麼美好。請記得，經過想→說→寫的步驟，斟酌下筆文字，相信一篇「龍頭、鳳尾、豬肚子」的精采好文，有溫度，有人性，又有故事，可讀性一定超高的！

204

【附錄二】
樂齡寫作趣講義十回

○ 第一回　太陽法寫作

一、言之有物：主題明確。我手寫我口，我口說我心。

二、太陽法寫作：環繞文章主題核心，蒐羅相關資訊，再佈局安排序說順序。

三、搜尋題材：寫作三招，1.八爪章魚功，2.強力黏膠功，3.加油添醋功。

四、通順有情：文句流暢，內容有溫度，出於至情至性而不煽情。

○ 第二回　十字法寫作

一、寫作七步驟：

審題，立意，構思，佈局，敍寫，修潤，校讀。

二、時間的分配：

從審題到佈局，擬定大綱與腹稿，用 10% 時間。敍寫與修潤佔 80% 時間。

最後校讀 10% 時間。

三、十字法寫作：

以時間為縱線，事件的人事物景為橫線，細密織就。時間上可採順敍，或倒敍，中間亦可做插敍，文末還可補敍。

205

◯ 第三回　龍頭鳳尾豬肚子

一、龍頭起筆：

起筆引人興趣往下閱讀。開門見山，直指主題的破題法。側起，說故事講道理的冒題法，環繞核心不離題。設問法提問，自問自答進入主題。

二、豬肚內容：

文章內容要剪裁，去蕪存菁，精彩有意義的材料，充實又豐富。

三、鳳尾結束：

或前後呼應，或引名言精句，或餘韻綿長，收束要能振起全文。

◯ 第四回　起筆與收筆

一、起筆：

1 破題法，開門見山，直指切入主題，一下筆即點出重點所在或全文核心。

2 冒題法，或稱隱題法、側起，以相關事物或說理導入主題，埋兵伏將。

3 設問法，以問答方式開頭，吸引注意。

4 引用法，借用名言精句或諺語做開場白，有不同凡響之效。

5 事例法，以古今中外事例作開頭，可引人入勝，不生硬艱澀。

二、收筆：

1. 呼應法，前後呼應，全文首尾相應，有一氣呵成的完美感。

2.歸納法，將全文大意作一總結，以精簡文字收束，可加深印象。

3.精義法，以自創或名言精句做結束，常予人餘韻不絕、情韻綿長之感。

三、剪裁：內容要精要，切合主題，不相符合者要勇於刪減，洗鍊精要為上。

○ 第五回 分段與連段

一、分段：

1 頭腹尾三段法：

論述事理以正反合為主，記述說明抒情時則以時間空間情感三段為之。

2 起承轉合四段法：

不論是事理或抒情記述，起筆收筆都可有起承轉合的條理安排。

二、連段：

1 全部或局部「頂真」：

以上一段的最後文句作為下一段的開頭，可使段落緊湊，文意連貫。

2 每一段用相同或近似語句開頭，可使全篇文章風格別具，文意連成一氣。

3 各段用相同或近似語句結尾，以類似的文句結束，可使段落分明，文意連貫。

207

◯ 第六回 賦比興的作法

一、文無定法，有法可循：

不論是起承轉合四段法，或頭腹尾三段式，只要內容述說完整，言簡意賅文意表達清楚即可。佈局分段的連段也是如此，不必刻意營造，自然陳述文氣相連，反而引人入勝不顯匠氣。

二、賦比興，詩經的作法：

詩經有「賦比興」寫作三法，賦是平鋪直述，鋪陳敘述；比是以此喻彼，譬喻比擬；興是藉物起興，聯想。將看聽感受接觸的事物鋪陳出來，再加譬喻使人更容易理解，然後聯想抒發感想，表情達意就十分完備了。

三、看聽感想做，人事時地物：

將身體感官所接收到的人事時地物各項訊息，一一陳述就是鋪陳敘述；再將這些此敘述用譬喻，用聯想，善用修辭技巧，文章就更生動了。

附《常用修辭法》簡說：

1 譬喻：明喻、暗喻、借喻、略喻，靈活使用喻體、喻詞與喻依。

2 誇飾：誇張的比喻。

3 排比：同樣句法的堆疊。

4 映襯：對比。

5 對偶：相同字數、相同詞性，意義相關的上下句。

6 借代：以特質或部分代替全體的語詞。

7 類疊：近似語詞的堆疊。

8 錯綜：交錯語序、伸縮語句或抽換詞面。

9 轉化：擬人化、擬物化或將抽象事物具體化。

○ **第七回　寫作致勝之鑰**

　　文章本是藉以抒發心聲的表情達意媒介，只有誠意與否，是否充分表達之別，並無高下優劣之分。但是，為能達成與人文字溝通順暢，甚至能引起共鳴的目標，寫作自然需要有個具體的評斷指標，以自我勉勵，並作鑒別。

　　寫作的致勝之鑰如下：

　　一、內容充實：

　　內容只的是立意與取材。凡是立意高人一等，見解深入，取材豐富者，文章必能引人入勝。

　　二、結構緊湊：

　　結構指的是文章內容的組織與安排，就是分段與連段。結構緊湊，文章內容就不會鬆散，而會言之有物、層次分明、條理井然、各段比例恰當、銜接貫串、聯繫起伏呼應均適宜。

　　三、文辭優美：

　　修辭就是造詞遣句的修飾美化。短時間寫作，可能無暇反覆推敲，但至少要做到文句流暢通順，簡明扼要，不要有誤用成語、濫用方言、文白夾雜、敘述含糊、前後矛盾等語病，若能善用修辭技巧，文章就更生動了。

○ **第八回　版面書寫設計**

　　文章書寫在過去紙本、手寫時代，除基本的書寫要求：字跡工整，墨色清晰，版面整潔，字數長度合宜之外，其他細節如：題目空四格或五格，各段起始空二格，分行由上而下、由右而左直式書寫，標點符號各佔一格，

刪節號要用二格等，都是手寫時代約定俗成的格式，不可凌亂無章法，或標新立異，自創一格。

現今電腦文書處理便捷，在寫作之前，可先設定文章格式、版面、段落、字型大小、行距等等，唯格式仍如手寫的要求，但更要重視閱讀的舒適度，不宜忽略。至於橫式直式，可各取其便，但文中提及數字、年代、外文，需一致。

○ 第九回　夾敘夾議的論述

一、論說文：

闡明事理的文章，可分為議論與說明兩大類，議論文是主觀的抒發個人見解與主張，尋求認同；說明文則是對事務實際狀況作客觀的說明與解釋，使人明白。

二、說理原則：

論說文要有明晰的條理，理路分明、氣勢充足，才能令人一目了然，感覺井然有序。引證古今中外的例證以說明事理，例證可以用正面或反面作正反合的論述，更可用夾敘夾議的方式論說，使全文更靈活生動且流暢，不艱澀。

三、文體互用：

一般而言，記敘文記事和敘事，描述人事物的狀態或性質與效用等等，可以描摹、可以想像，太陽法與十字法可以是寫作依歸。抒情文則為表達情緒抒發感觸，常要藉景抒情，或藉著記述與說理來藉事抒情、藉理說情，使文章情意更豐富。所以，不分記敘文、抒情文、論說文，都是文體互用，夾敘夾議就更普遍了。

○ 第十回 作業總覽與檢視（本期樂齡寫作七篇作業總檢查）

　　一、自敘：說說我是誰？……自我介紹，太陽法與寫作三招，有主題、有話說。

　　二、一份特別的禮物：……十字法與寫作七步驟，依時間序、充實文章的空間。

　　三、我家的傳家菜：……龍頭鳳尾豬肚子，全文內容佈局首尾腹都要有亮點。

　　四、人物速寫：……起筆與收筆，將蒐羅到的材料善加剪裁，妥為安排首末。

　　五、我心目中的桃花源：……分段與連段，起承轉合或頭腹尾文氣連貫一脈相連。

211

　　六、我要成為哪樣人？……詩經的賦比興與修辭，看聽感想做，敘寫要具體生動。

　　七、我見我思：寫作致勝之鑰，見聞感想或論述，重在內容結構與佈局修辭。

國家圖書館出版品預行編目資料

樂齡寫作趣，上課囉！/王素真 呂慶元 陳昭如 程虹文 劉光桐著（依姓氏筆畫）

--初版-- 臺北市：博客思出版事業網：2020.2
ISBN：978-957-9267-48-9（平裝）

863.55   108022741

現代散文 8

樂齡寫作趣，上課囉！

作　　者：王素真 呂慶元 陳昭如 程虹文 劉光桐
編　　輯：楊容容
美　　編：楊容容
封面設計：陳勁宏
出 版 者：博客思出版事業網
發　　行：博客思出版事業網
地　　址：台北市中正區重慶南路1段121號8樓之14
電　　話：(02)2331-1675或(02)2331-1691
傳　　真：(02)2382-6225
E—MAIL：books5w@gmail.com或books5w@yahoo.com.tw
網路書店：http://bookstv.com.tw/
　　　　　https://www.pcstore.com.tw/yesbooks/
　　　　　博客來網路書店、博客思網路書店
　　　　　三民書局、金石堂書店
總 經 銷：聯合發行股份有限公司
電　　話：(02) 2917-8022　　傳 真：(02) 2915-7212
劃撥戶名：蘭臺出版社　帳號：18995335
香港代理：香港聯合零售有限公司
地　　址：香港新界大蒲汀麗路 36 號中華商務印刷大樓
　　　　　C&C Building, 36,Ting, Lai, Road, Tai,Po, New,Territories
電　　話：(852)2150-2100　　傳真：(852)2356-0735
出版日期：2020年2月 初版
定　　價：新臺幣280元整（平裝）
ISBN：978-957-9267-48-9